/ /

生命是我们最珍爱的东西，
它是我们所拥有的一切的前提，
失去了它，我们就失去了一切。
生命又是我们最忽略的东西，
我们对于自己拥有它实在太习以为常了，
而一切习惯了的东西都容易被我们忘记。

人们为虚名浮利而忙碌，

却舍不得花时间来让生命本身感到愉快，

来做一些实现生命本身的价值的事情。

我们不妨眷恋生命，执着人生……

目 录

Contents

01

当好自然之子

02

城市的个性和颜色

03

倾听生命的声音

04

永远未完成

06
人生的哲学难题

01

当好自然之子

亲近自然

每年开春，仿佛无意中突然发现土中冒出了稚嫩的青草，树木抽出了小小的绿芽，那时候会有一种多么纯净的喜悦心情。记得小时候，在屋外的泥地里埋几粒黄豆或牵牛花籽，当看到小小的绿芽破土而出时，感觉到的也是这种心情。也许天下生命原是一家，也许我曾经是这么一棵树、一棵草，生命萌芽的欢欣越过漫长的进化系列，又在我的心里复苏了？

唉，人的心，进化的最高产物，世上最复杂的东西，在这小小的绿芽面前，才恢复了片刻的纯净。

一个人的童年，最好是在乡村度过。一切的生命，包括植物、动物、人，归根到底来自土地，生于土地，最后又归于土地。在乡村，那刚来自土地的生命仍能贴近土地，从土地汲取营养。童年是生命蓬勃生长的时期，而乡村为它提供了充满同样蓬勃生长的生命的环境。

农村孩子的生命不孤单，它有许多同伴，它与树、草、野兔、家畜、昆虫进行着无声的谈话，它本能地感到自己属于大自然的生命共同体。相比之下，城里孩子的生命就十分孤单，远离了土地和土地上丰富的生命，与大自然的生命共同体断了联系。在一定意义上，城里孩子是没有童年的。

孩子天然地亲近自然，亲近自然中的一切生命。孩子自己就是自然，就是自然中的一个生命。

然而，今天的孩子真是可怜。一方面，他们从小远离自然，在他们的生活环境里，自然最多只剩下了一点残片。另一方面，他们所处的文化环境也是非自然的，从小被电子游戏、太空动漫、教辅之类的产品包围，天性中的自然也遭到了封杀。

我们正在从内外两个方面割断孩子与自然的联系，剥夺他们的童年。他们迟早会报复我们的！

现在，我们与土地的接触愈来愈少了。砖、水泥、钢铁、塑料和各种新型建筑材料把我们包围了起来。我们把自己关在宿舍或办公室的四壁之内。走在街上，我们同样被房屋、商店、建筑物和水泥路面包围着。我们总是活得那样匆忙，顾不上看看天空和土地。我们总是生活在眼前，忘掉了永恒和无限。我们已经不再懂得土地的痛苦和渴望，不再能欣赏土地的悲壮和美丽。

这熟悉的家、街道、城市，这熙熙攘攘的人群，有时候我会突然感到多么陌生、多么不真实。我思念被这一切覆盖着的永恒的土地，思念一切生命的原始的家乡。

每到重阳，古人就登高楼，望天涯，秋愁满怀。今人一年四季关在更高的高楼里，对季节毫无感觉，不知重阳为何物。

秋天到了。可是，哪里是红叶天、黄花地？在我们的世界里，甚至已经没有了天和地。我们已经自我放逐于自然和季节。

春来春去，花开花落，原是自然界的现象，似乎不足悲喜。然而，偏是在春季，物象的变化最丰富也最微妙，生命的节奏最热烈也最急促，诗人的心，天下一切敏感的心，就不免会发生感应了。心中一团朦胧的情绪，似甜却苦，乍喜还悲，说不清道不明，我们的古人称之为"愁"。

细究起来，这"愁"又是因人因境而异，由不同的成分交织成的。触景生情，仿佛起了思念，却没有思念的具体对象，是笼统的春愁。有思念的对象，但山河阻隔，是离愁。孤身漂泊，睹景思乡，是旅愁和乡愁。因季节变迁而悲年华的虚度或平生的不得志，是闲愁。因季节变迁而悲时光的流逝和岁月的无常，便是短暂人生的万古大愁了。

我们不要讥笑古人多愁善感，倒不妨扪心自问，在匆忙的现代生活中，我们的心情与自然的物候之间还能否有如此密切的感应？我们的心肠是否已经太硬，对于自然界的生命节奏是否已经太麻木？

现代人只能从一杯新茶中品味春天的田野。

在灯红酒绿的都市里，觅得一粒柳芽、一朵野花、一刻清静，人会由衷地快乐。在杳无人烟的荒野上，发现一星灯火、一缕炊烟、一点人迹，人也会由衷地快乐。自然和文明，人皆需要，二者不可缺一。

久住城市，偶尔来到僻静的山谷湖畔，面对连绵起伏的山和浩渺无际的水，会感到一种解脱和自由。然而我想，倘若在此定居，与世隔绝，心境也许就会变化。尽管看到的还是同样的山水景物，所感到的却不是自由，而是限制了。

人及其产品把我和自然隔离开来了，这是一种寂寞。千古如斯的自然把我和历史隔离开来了，这是又一种寂寞。前者是生命本身的寂寞，后者是野心的寂寞。那种两相权衡终于承受不了前一种寂寞的人，最后会选择归隐。现代人对两种寂寞都体味甚浅又都急于逃避，旅游业因之兴旺。

人是自然之子。但是，城市里的人很难想起自己这个根本的来历。这毫不奇怪，既然所处的环境和所做的事情都离自然甚远，唯有置身在大自然之中，自然之子的心情才会油然而生。那么，到自然中去吧，面对山林和大海，你会越来越感到留在城市里的那一点名利多么渺小。当然，前提是你把心也带去。最好一个人去，带家眷亦可，但不要呼朋唤友，也不要开手机。对现代人来说，经常客串一下"隐士"是聊胜于无的精神净化的方式。

我相信，终年生活在大自然中的人，是会对一草一木产生感情的，他会与它们熟识，交谈，会惦记和关心它们。大自然使人活得更真实也更本质。

游览名胜，我往往记不住地名和典故。我为我的坏记性找到了一条好理由——

我是一个直接面对自然和生命的人。相对于自然，地理不过是细节。相对于生命，历史不过是细节。

当好自然之子

人，栖居在大地上，来自泥土，也归于泥土，大地是人的永恒家园。如果有一种装置把人与大地隔绝开来，切断了人的来路和归宿，这样的装置无论多么奢华，算是什么家园呢？

人，栖居在天空下，仰望苍穹，因惊奇而探究宇宙之奥秘，因敬畏而感悟造物之伟大，于是有科学和信仰，此人所以为万物之灵。如果高楼蔽天，俗务缠身，人不再仰望苍穹，这样的人无论多么有钱，算是什么万物之灵呢？

人是自然之子，在自然的规定范围内，可制作，可创造，可施展聪明才智。但是，自然的规定不可违背。人不可背离土地，不可遮蔽天空，不可忤逆自然之道。老子曰："人法地，地法天，天法道，道法自然。"此之谓也。

一位英国诗人吟道："上帝创造了乡村，人类创造了城市。"

创造城市，在大地上演绎五彩缤纷的人间故事，证明了人的聪明。可是，倘若人用自己的作品把自己与上帝的作品隔离开来，那就是愚昧。倘若人用自己的作品排挤和毁坏掉上帝的作品，那就是亵渎。

人类曾经以地球的主人自居，对地球为所欲为，结果破坏了地球上的生态环境，并且自食其恶果。于是，人类开始反省自己的行为。

反省的第一个认识是，人不能用奴隶主对待奴隶的方式对待地球，人若肆意奴役和蹂躏地球，实际上是把自己变成了地球的敌人，必将遭到地球的报复，就像奴隶主遭到奴隶的报复一样。地球是人的家，人应该为了自己的长远利益管好这个家，做地球的好主人，不要做败家子。

在这一认识中，主人的地位未变，只是统治的方式开明了一些。然而，反省的深入正在形成更高的认识：人作为地球主人的地位真的不容置疑吗？与地球上别的生物相比，人真的拥有特权吗？一位现代生态学家说：人类是作为绿色植物的客人生活在地球上的。若把这个说法加以扩展，我们便可以说，人是地球的客人。作为客人，我们在享受主人的款待时倒也不必羞愧，但同时我们应当懂得尊重和感谢主人。做一个有教养的客人，这可能是人对待自然的最恰当的态度吧。

我们应向一切虔信的民族学习一个基本信念，就是敬畏自然。我们要记住，人是自然之子，在总体上只能顺应自然，不能征服和支配自然，无论人类创造出怎样伟大的文明，自然永远比人类伟大。我们还要记住，人诚然可以亲近自然、认识自然，但这是有限度的，自然有其不可接近和揭穿的秘密，各个虔信的民族都把这秘密称作神，我们应当尊重这秘密。

在对待自然的态度上，现在大概不会有人公开赞成掠夺性的强盗行径了。但是，同为主张善待自然，出发点仍有很大分歧。一派强调以人类为中心，从人类长远利益出发，合理利用自然。另一派反对人类中心论，认为从根本上说，自然是一个应该敬畏的对象。我的看法是，两派都有道理，但说的是不同层次上的道理，而低层次的道理要服从高层次的道理。合理利用自然是科学，不管考虑到人类多么长远的利益，合理的程度多么高，仍然是科学，而科学必有其界限。生态不仅是科学问题，而且是伦理问题，正是伦理为科学规定了界限。

旅游业发展到哪里，就败坏了哪里的自然风景。

我寻找一个僻静的角落，却发现到处都是广告喇叭、商业性娱乐设施和凑热闹的人群。

在城市化进程中，我们必须经常问自己一个问题：我们将给子孙留下什么？我们是否消灭了该留下的东西，又制造了不该留下的东西？我们把祖宗在这片土地上创造的宝贵遗产糟蹋掉了，把大自然赠予的肥沃田野鲸吞掉了，盖上了大批今后不得不拆的建筑，它们岂不将成为子孙的莫大难题、一份几乎无法偿还的账单？建设的错误是难以弥补的，但愿我们不要成为挨好几代子孙骂的一代人。

怀念土地

按照《圣经》的传说，上帝是用泥土造出人类的始祖亚当的："神用地上的尘土造人，将生气吹在他鼻孔里，他就成了有灵的活人，名叫亚当。"上帝还对亚当说："你本是尘土，仍要归于尘土。"在中国神话传说中，女娲也是用泥土造人的："女娲抟黄土作人。"这些相似的传说说明了一个深刻的道理：土地是人类的生命之源。

其实，不仅人类的生命，人类的精神也离不开土地。就说说真、善、美吧，人类精神所追求的这些美好的理想价值，也无不孕育于大地的怀抱。如果大地上不是万象纷呈、万物变易，我们怎会有求真理的兴趣和必要？如果大地本身不是坚实如恒，我们又怎会有求真理的可能和信心？如果不曾领略土地化育和接纳万物的宽阔胸怀，我们懂得什么善良、仁慈和坚忍？如果没有欣赏过大地上的山川和落日的壮丽，倾听过树林里的寂静和风声，我们对美会有什么真切的感受？精神的理想如同头上的天空，而天空也是属于大地的，唯有在辽阔的大地上方才会有辽阔的天空。可以说，一个人拥有的天空是和他拥有的大地成正比的。长年累月关闭在窄屋里的人，大地和天空都不属于他，不可能具有开阔的视野和丰富的想象力。对每天夜晚守在电视机前的现代人来说，头上的星空根本不存在，星空曾经给予先哲的伟大启示已经成为失落的遗产。

我们都会说人是大自然之子的道理，可惜的是，能够记起大自然母亲的面貌的人越来越少了。从生到死，我们都远离土地而生活，就像一群远离母亲的孤儿。到各地走走，你会发现到处都在兴建雷同的城镇，千篇一律的商厦和水泥马路取代了祖先们修筑的土墙和小街，田野和村庄正在迅速消失。甚至在极偏僻的地方，你也难觅宁静的自然之趣和淳朴的民风，迎接你的总是同样的卡拉 OK 的喧闹和假民俗的做作。最可悲的是我们的孩子，他们在这样一种与大自然完全隔绝的生活模式中成长，压根儿没有过同大自然亲近的经验和对土地的记忆，因而也很难在他们身上唤起对大自然的真正兴趣了。有一位作家写到，她曾带几个孩子到野外去看月亮和海，可是孩子们对月亮和海毫无兴趣，心里惦记着的是及时赶回家去，不要误了他们喜欢的一个电视节目。

我们切不可低估这一事实的严重后果。一棵植物必须在土里扎下根，才能健康地生长。人也是这样，只是在外表上不像植物那么明显，所以很容易被我们忽视。我相信，远离土地是必定要付出可怕的代价的。倘若这种对大自然的麻木不仁延续下去，人类就不可避免地要发生精神上的退化。在电视机前长大的新一代人，当然读不进荷马和莎士比亚。始终在人造产品的包围下生活，人们便不再懂得欣赏神和半神的创造，这有什么奇怪呢？在我看来，不管现代人怎样炫耀自己的技术和信息，倘若对自己生命的来源和基础浑浑噩噩，便是最大的蒙昧和无知。人类的聪明在于驯服自然，在广袤的自然世界中为自己开辟出一个令自己惬意的人造世界。可是，如果因此而沉溺在这个人造世界里，与广袤的自然世界断了联系，就真是聪明反被聪明误了。自然的疆域无限，终生自拘于狭小人工范围的生活毕竟是可怜的。

诗意地栖居

鉴于碳排放过量导致全球环境破坏和气候异常的严峻事实，国际社会正在倡导低碳理念，实施低碳行动，中国政府对此也积极响应。低碳理念的落实，在技术层面上有赖于能源体系的变革，即寻求化石能源节约、高效和洁净化利用的途径，并大力发展非化石洁净能源。但是，单技术层面显然不够，严重碳污染只是人类某种错误的生存发展观念的恶果之一，唯有在哲学层面上深刻反思，根本转变人类的生存发展观念，才能真正解决问题。

荷尔德林有一首诗，其中的一句是："人诗意地栖居在这片大地上。"海德格尔对这一句诗做了非常繁复的分析，其中心意思是，诗意是栖居的本质，只有诗意才使人真正作为人栖居在大地上，从而使栖居成为安居，使大地成为家园。我认为可以由之引申出两个观点：第一，在人与自然的关系上，人应该以诗意方式而非技术方式对待自然；第二，在人自身的幸福追求上，人应该以诗意生活而非物质生活为目标。从这两个方面来看当今中国人的生存境况，我们不得不承认，诗意已经荡然无存。

什么叫对待自然的技术方式？就是把自然物仅仅看成满足人的需要的一种功能、对人而言的一种使用价值，简言之，仅仅看成资源和能源。天生万物，各有其用，这个用不是只对人而言的。用哲学的语言说，万物都有其自身的存在和权利；用科学的语言说，万物构成了地球上自循环的生态系统。然而，在技术方式的统治下，一切自然物都失去了自身的存在和权利，只成了能量的提供者。今天的情况正是如此，在席卷全国的开发热中，国人眼中只看见资源，名山只是旅游资源，大川只是水电资源，土地只是地产资源，矿床只是矿产资源，皆已被开发得面目全非。这个被人糟蹋得满目疮痍的大地，如何还能是诗意地栖居的家园？

由此可见，问题不是出在技术不到位，而是出在对待自然的技术方式本身。与技术方式相反，诗意方式就是要摆脱狂妄的人类中心主义和狭窄的功利主义的眼光，用一种既谦虚又开阔的眼光看自然万物。一方面，作为自然大家庭中的普通一员，人以平等的态度尊重万物的存在和权利。另一方面，作为地球上唯一的精神性存在，人又通过与万物和谐相处而领悟存在的奥秘。其实，对待自然的诗意方式并不玄虚，这在一切虔信的民族那里是一个传统。比如在藏民眼中，自然山河绝不只是资源和能源，更不是征服的对象，相反，他们把大山大川看作神居住的地方，虔诚地崇拜。我们不要说他们愚昧，愚昧的可能是我们而不是他们，他们远比我们善于与自然和谐相处，并从中获得神圣的感悟。

毫无疑问，人为了生存，对待自然的技术方式是不可缺少的。但是，必须限制技术的施展范围，把人类对自然物的干预和改变控制在最必要的限度之内，让自然物得以按照自然的法则完成其生命历程。人类应该在这个前提下来安排自己的经济和生活，而这就意味着大大减少资源和能源的开发及使用。

也许有人会问：这不是要人类降低生活质量，因而是一种倒退吗？且慢，我正想说，若要追究我们对待自然的错误方式的根源，恰恰在于我们的价值观、幸福观出了问题。正因为在我们的幸福蓝图中诗意已经没有一点位置，我们才会以没有丝毫诗意的方式对待自然。在今天，人们往往把物质资料的消费视为幸福的主要内容，国家也往往把物质财富的增长视为治国的主要目标，我可断言，这样的价值观若不改变，人类若不约束自己的贪欲，人对自然的掠夺就不可能停止。我听到有论者强调说：低碳经济的目标是低碳高增长。我不禁要问：为什么一定要高增长？我很怀疑，以高增长为目标，低碳能实现。至少在非化石能源尚难普及的相当长时期里是无法实现的。在我看来，宁可经济增长慢一点，多花一点力气来建构全民福利，缩小贫富差距，增进社会和谐，这样人民才是更幸福的。

所以，真正需要反思的问题是：什么是幸福？现代人很看重技术所带来的便利，日常生活依赖汽车和家用电器，甚至运动和娱乐也依赖各种复杂的设施，耗费了大量能源，但因此就生活得比古人幸福吗？李白当年"五岳寻仙不辞远，一生好入名山游"，走了许多崎岖的路，留下了许多不朽的诗。我们现在乘飞机往返景区，乘缆车上山下山，倒是便捷了，但看到、感受到的东西可有李白的万分之一？我们比李白幸福吗？苏东坡当年夜游承天寺，对朋友感叹道："何夜无月，何处无竹柏，但少闲人如吾两人者耳。"我们现在更少这样的闲人，而最可悲的是，从前无处不有的明月和竹柏也已经成了稀罕之物，我们比苏东坡幸福吗？

是的，诗意是栖居的本质，人如果没有了诗意，大地就会遭蹂躏，不再是家园，精神就会变平庸，不再有幸福。

车窗外

小时候喜欢乘车，尤其是火车，占据一个靠窗的位置，扒在窗户旁看窗外的风景。这爱好至今未变。

列车飞驰，窗外无物长驻，风景永远新鲜。

其实，窗外掠过什么风景，这并不重要。我喜欢的是那种流动的感觉。景物是流动的，思绪也是流动的，两者融为一体，仿佛置身于流畅的梦境。

当我望着窗外掠过的景物出神时，我心灵的窗户也洞开了。许多似乎早已遗忘的往事、得而复失的感受、无暇顾及的思想，这时都不召自来，如同窗外的景物一样在心灵的窗户前掠过。于是我发现，平时我忙于种种所谓必要的工作，使得我心灵的窗户有太多的时间是关闭着的，我的心灵世界还有太多的风景未被鉴赏。而此刻，这些平时遭到忽略的心灵景观在打开了的窗户前源源不断地闪现了。

所以，我从来不觉得长途旅行无聊，或者毋宁说，我有点喜欢这一种无聊。在长途车上，我不感到必须有一个伴让我闲聊，或者必须有一种娱乐让我消遣。我甚至舍不得把时间花在读一本好书上，因为书什么时候都能读，白日梦却不是想做就能做的。

　　就因为贪图车窗前的这一份享受，凡出门旅行，我宁愿坐火车，不愿乘飞机。飞机太快地把我送到了目的地，使我来不及寂寞，因而来不及触发那种出神遐想的心境，我会因此感到像是未曾旅行一样。航行江海，我也宁愿搭乘普通轮船，久久站在甲板上，看波涛万古流涌，而不喜欢坐封闭型的豪华快艇。有一回，从上海到南通，我不幸误乘这种快艇，当别人心满意足地靠在舒适的软椅上看彩色录像时，我痛苦地盯着舱壁上那一个个窄小的密封窗口，真觉得自己仿佛遭到了囚禁。

　　我明白，这些仅是我的个人癖性，或许还是过了时的癖性。现代人出门旅行讲究效率和舒适，最好能快速到把旅程缩减为零，舒适到如同住在自己家里。令我不解的是，既然如此，又何必出门旅行呢？如果把人生譬作长途旅行，那么，现代人搭乘的这趟列车就好像是由工作车厢和娱乐车厢组成的，而他们的惯常生活方式就是在工作车厢里拼命干活和挣钱，然后又在娱乐车厢里拼命享受和把钱花掉，如此交替往复，再没有工夫和心思看一眼车窗外的风景了。

　　光阴蹉跎，世界喧嚣，我自己要警惕，在人生旅途上保持一份童趣和闲心是不容易的。如果哪一天我只是埋头于人生中的种种事务，不再有兴致扒在车窗旁看沿途的风光，倾听内心的音乐，那时候我就真正老了俗了，那样便辜负了人生这一趟美好的旅行。

旅+游=旅游?

一、旅 + 游 = 旅游?

从前，一个"旅"字，一个"游"字，总是单独使用，凝聚着离家的悲愁。"山晓旅人去，天高秋气悲。""浮云蔽白日，游子不顾反。"孑然一身，隐入苍茫自然，真有说不出的凄凉。

另一方面，庄子"游于濠梁之上"，李白"一生好入名山游"，"游"字又给人一种逍遥自在的感觉。

也许，这两种体验的交织，正是人生羁旅的真实境遇。我们远离了家、亲人、公务和日常所习惯的一切，置身于陌生的事物之中，感到若有所失。这"所失"使我们怅然，但同时使我们获得一种解脱之感，因为我们发现，原来那失去的一切非我们所必需，过去我们固守着它们，反倒失去了更可贵的东西。在与大自然的交融中，那狭隘的乡恋被净化了。羁旅和漫游深化了我们对人生的体悟：我们无家可归，但我们有永恒的归宿。

不知从什么时候起，"旅""游"二字合到了一起。于是，现代人不再悲愁，也不再逍遥，而只是安心又仓促地完成着他们繁忙事务中的一项——"旅游"。

那么，请允许我说：我是旅人，是游子，但我不是"旅游者"。

二、现代旅游业

旅游业是现代商业文明的产物。在这个"全民皆商"、涨价成风的年头，也许我无权独独抱怨旅游也纳入了商业轨道，成了最昂贵的消费之一。可悲的是，人们花了钱仍得不到真正的享受。

平时匆忙赚钱，积够了钱，旅游去！可是，普天下的旅游场所，哪里不充斥着招揽顾客的吆喝声、假冒险的娱乐设施、凑热闹的人群？可怜在一片嘈杂中花光了钱，拖着疲惫的身子回家，又重新投入匆忙的赚钱活动。

一切意义都寓于过程。然而，现代文明是急功近利的文明，只求结果，藐视过程。人们手捧旅游图，肩挎照相机，按图索骥，专找图上标明的去处，在某某峰、某某亭"咔嚓"几下，留下"到此一游"的证据，便心满意足地离去。

每当我看到举着小旗、成群结队、掐着钟点的旅游团体，便生愚不可及之感。现代人已经没有足够的灵性独自面对自然。在人与人的挤压中，自然消隐不见了。

是的，我们有了旅游业。可是，恬静的陶醉在哪里？真正的精神愉悦在哪里？与大自然的交融在哪里？

三、名人与名胜

赫赫有名者未必优秀，默默无闻者未必拙劣。人如此，自然景观也如此。

人怕出名，风景也怕出名。人一出名，就不再属于自己，慕名者络绎来访，使他失去了宁静的心境，以及和二三知友相对而坐的情趣。风景一出名，也就沦入凡尘，游人云集，使它失去了宁静的环境，以及被真正知音赏玩的欣慰。

当世人纷纷拥向名人和名胜之时，我独爱潜入陋巷僻壤，去寻访不知名的人物和景观。

南极素描

一、南极动物素描

企鹅——

像一群孩子，在海边玩过家家。它们模仿大人，有的扮演爸爸，有的扮演妈妈。没想到的是，那扮演妈妈的真的生出了小企鹅。可是，你怎么看，都仍然觉得这些妈妈煞有介事带孩子的样子还是像在玩过家家。

在南极的动物中，企鹅的知名度和出镜率稳居第一，俨然是大明星。不过，那只是人类的炒作，企鹅自己对此浑然不知，依然一副憨态。我不禁想，如果企鹅有知，也摆出人类中那些大小明星的做派，那会是多么可笑的样子。我接着想，人类中那些明星的做派何尝不可笑，只是他们自己认识不到罢了。所以，动物的无知不可笑，可笑的是人的沾沾自喜的小知。人要不可笑，就应当进而达于大知。

贼鸥——

身体像黑色的大鸽子，却长着鹰的尖喙和利眼。人类没来由地把它们命名为贼鸥，它们蒙受了恶名，但并不因此记恨人类，仍然喜欢在人类的居处附近逗留。它们原是这片土地的主人，人类才是入侵者，可是这些入侵者断定它们是乞丐，守在这里是为了等候施舍。我当然不会相信这污蔑，因为我常常看见它们在峰巅筑的巢，它们的巢相隔很远，一座峰巅上往往只有一对贼鸥孤独地盘旋、孤独地哺育后代。于是我知道，它们的灵魂也与鹰相似，其中藏着人类梦想不到的骄傲。有一种海鸟因为体形兼有燕和鸥的特征，被命名为燕鸥。遵照此例，我给贼鸥改名为鹰鸥。

黑背鸥——

从头颅到身躯都洁白而圆润，唯有翼背是黑的，因此得名。在海面，它悠然自得地浮水，有天鹅之态。在岩顶，它如雕塑般一动不动，兀立在闲云里，有白鹤之相。在天空，它的一对翅膀时而呈对称的波浪形，优美地扇动，时而呈一字直线，轻盈地滑翔，恰是鸥的本色。我对这种鸟类情有独钟，因为它们安静、洒脱，多姿多态又自然而然。

南极燕鸥——

身体像鸥，却没有鸥的舒展。尾羽像燕，却没有燕的和平。这些灰色的小鸟总是成群结队地在低空飞舞，发出尖厉焦躁的叫声，像一群闯入白天的蝙蝠。它们喜欢袭击人类，对路过的人紧追不舍，用喙啄他的头顶，把屎拉在他的衣服上。我对它们的好斗没有异议，让我看不起它们的不是它们的勇敢，而是它们的怯懦，因为它们往往是依仗数量的众多，欺负独行的过路人。

海豹——

常常单独爬上岸，懒洋洋地躺在海滩上。身体的颜色与石头相似，灰色或黑色，很容易被误认作一块石头。它们对我们这些好奇的入侵者爱搭不理，偶尔把尾鳍翘一翘，或者把脑袋转过来瞅一眼，就算是屈尊打招呼了。它们的眼神非常温柔，甚至可以说妩媚。这眼神，这滑溜的身躯和尾鳍，莫非童话里的美人鱼就是它们？

可是，我也见过海豹群居的场面，挤成一堆，肮脏，难看，臭气熏天，像一个猪圈。

那么，独处的海豹是更干净也更美丽的。

其他动物也是如此。

人也是如此。

海狗——

体态灵活像狗，但是不像狗那样与人类亲近。相反，它们显然对人类怀有戒心，一旦有人接近，就朝岩丛或大海撤退。又名海狼，这个名称也许更适合于它们自由的天性。不过，它们并不凶猛，从不主动攻击人类。甚至在受到人类攻击的时候，它们也会适度退让。但是，你千万不要以为它们软弱可欺，真把它们惹急了，它们毫不示弱，会对你穷追不舍。我相信，与人类相比，大多数猛兽是更加遵守自卫原则的。

黑和白——

南极的动物，从鸟类到海豹，身体的颜色基本上由二色组成：黑和白。黑是礁石的颜色，白是冰雪的颜色。南极是一个冰雪和礁石的世界，动物们为了向这个世界输入生命，便也把自己伪装成冰雪和礁石。

二、南极景物素描

冰盖——

在一定意义上，可以在南极洲和冰盖之间画等号。南极洲整个就是一块千古不化的巨冰，剩余的陆地少得可怜，可以忽略不计。正是冰盖使得南极洲成了地球上唯一没有土著居民的大陆。

冰盖无疑是南极最奇丽的景观。它横在海面上，边缘如刀切的截面，奶油般洁白，看上去像一块冰激凌蛋糕盛在蓝色的托盘上。而当日出或日落时分，太阳在冰盖顶上燃烧，恰似点燃了一支生日蜡烛。

可是，最美的往往也是最危险的。面对这块美丽的蛋糕，你会变成一个贪嘴的孩子，跃跃欲试要去品尝它的美味。一旦你受了诱惑与它亲近，它就立刻露出可怕的真相，显身为一个布满杀人陷阱的迷阵了。迄今为止，已有许多英雄葬身它的腹中，变成了永久的冰冻标本。

冰山——

伴随着一阵闷雷似的轰隆声，它从冰盖的边缘挣脱出来，犹如一艘巨轮从码头挣脱出来，开始了自己的航行。它的造型常常是富丽堂皇的，像一座漂移的海上宫殿、一艘豪华的游轮。不过，它的乘客不是人类中的达官贵人，而是海洋的宠儿。时而可以看见一只或两只海豹安卧在某一间宽敞的头等舱里，悠然自得，一副帝王气派。与人类的游轮不同，这种游轮不会返航，也无意返航。在无目的的航行中，它不断地减小自己的吨位，卸下一些构件扔进大海。最后，伴随着又一阵轰隆声，它爆裂成一堆碎块，渐渐消失在波涛里了。它的结束与它的开始一样精彩，可称善始善终，而这正是造化的一切优秀作品的共同特点。

石头——

在南极的大陆和岛屿上，若要论数量之多，除了冰，就是石头了，它们几乎覆盖了冰盖之外的全部剩余陆地。若要论年龄，南极的石头比冰年轻得多。冰盖深入到地下一百米至数千米，在许多万年里累积而成，其深埋的部分几乎永远不变，成了研究地球历史的考古资料库。相反，处在地表的石头却始终在风化之中，你在这里可以看到风化的各个环节，从完整的石峰，到或大或小的石块，到锋利的石片，到越来越细小的石屑，最后到亦石亦土的粉末，组成了一个展示风化过程的博物馆。

人们来这里，如果留心寻找色泽美丽的石头，多半会有一点收获。但是，我觉得漫山遍野的灰黑色石头更具南极的特征，它们或粗糙，或呈卵形，表面往往有浅色的苔斑，沉甸甸地躺在海滩上或山谷里，诉说着千古荒凉。

苔藓——

在有水的地方，必定有它们。在没水的地方，往往也有它们。它们比人类更善于判断，何处藏着珍贵的水。它们给这块干旱的土地带来了生机，也带来了色彩。

南极短暂的夏天，气温相当于别处的早春。在最暖和的日子里，积雪融化成许多条水声潺潺的小溪流，把五线谱画满了大地。在这些小溪流之间，一簇簇苔藓迅速滋生，给五线谱填上绿色的音符，谱成了一支南极的夏之歌。

在有些幽暗潮湿的山谷里，苔藓的生长极其茂盛。它们成簇或成片，看上去厚实、柔软、有弹性，令人不由得想俯下身去，把脸蛋贴在这丰乳一般的美丽生命上。

地衣——

这些外形像铁丝的植物，生命力也像铁丝一样顽强。当然啦，铁丝是没有生命的。我的意思是说，它们几乎像没有生命的东西一样活着，维持生命几乎不需要什么条件。在干旱的大石头和小石片上，没有水分和土壤，却到处有它们的踪影。它们与铁丝还有一个相似之处——据说它们一百年才长高一毫米，因此，你根本看不出它们在生长。

海——

不算最小的北冰洋，世界其余三大洋都在一个地方交汇，就是南极。但是，对于南极的海，我就不要妄加猜度了吧。我所见到的只是隶属于南极洲的一个小岛旁边的一小片海域，而且只见到它夏天的样子。在世界任何地方，大海都同样丰富而又单调、美丽而又凶暴。使这里的海的戏剧显得独特的是它的道具，那些冰盖、冰山和雪峰，以及它的演员——那些海豹、海狗和企鹅。

三、南极气象素描

日出——

再也没有比极地的太阳脾气更加奇怪的国王了。夏季，他勤勉得几乎不睡觉，回到寝宫匆匆打一个瞌睡，就急急忙忙地赶来上朝。冬季，他又懒惰得索性不起床，接连数月不理朝政，把文武百官撂在无尽的黑暗之中。

现在是南极的夏季，如果想看日出，你也必须像这个季节的极地太阳一样勤勉，半夜就到海边一个合适的地点等候。所谓半夜，只是习惯的说法，其实天始终是亮的。你会发现，和你一起等候的往往还有最忠实的岛民——企鹅，它们早已站在海边翘首盼望着了。

日出前那一刻的天空是最美的，仿佛一位美女预感到情郎的到来，脸颊上透出越来越鲜亮的红晕。可是，她的情郎——那极昼的太阳——精力实在是太旺盛了，刚刚从大海后或者冰盖后跃起，他的光亮就已经强烈得使你不能直视了。那么，你就赶快掉转头去看海面上的壮观吧，礁石和波浪的一侧边缘都被旭日照亮，大海点燃了千万支蜡烛，在向早朝的国王致敬。而岸上的企鹅，这时都面向朝阳，胸脯的白羽毛镀了金一般鲜亮，一个个仿佛都穿上了金围裙。

月亮——

因为夜晚的短暂和晴天的稀少，月亮不能不是稀客。因为是稀客，一旦光临，就给人们带来了意外的惊喜。

她是害羞的，来时只是一个淡淡的影子，如同婢女一样不引人注意。直到太阳把余晖收尽，天色暗了下来，她才显身为光彩照人的美丽的公主。

可是，她是一个多么孤单的公主啊，我在夜空未尝找到过一颗星星，那众多曾经向她挤眉弄眼的追求者都上哪里去了？

云——

天空是一张大画布，南极多变的天气是一个才气横溢但缺乏耐心的画家，一边在这画布上涂抹着，一边不停地改变主意。于是，我们一会儿看到淡彩的白云，一会儿看到浓彩的锦霞，一会儿看到大泼墨的黑云。更多的时候，我们看到的是涂抹得不留空白的漫天乌云。而有的时候，我们什么也看不到了，天空已经消失在雨雪之雾里，这个烦躁的画家把整块画布都浸在洗笔的浑水里了。

风——

风是南极洲的真正主宰，它在巨大冰盖中央的制高点上扎下大本营，频频从那里出动，到各处领地巡视。它所到之处，真个是地动山摇，石颤天哭。它的意志不可违抗，大海遵照它的命令掀起巨浪，雨雪依仗它的威势横扫大地。

不过，我幸灾乐祸地想，这个暴君毕竟是寂寞的，它的领地太荒凉了，连一棵小草也不长，更没有擎天大树可以让它连根拔起，一展雄风。

在南极，不管来自东南西北什么方向，都只是这一种风。春风、和风、暖风等等，是南极所不知道的概念。

雪——

风从冰盖中央的白色帐幕出动时，常常携带着雪。它把雪揉成雪沙、雪尘、雪粉、雪雾，朝水平方向劲吹，像是它喷出的白色气息。在风停歇的晴朗日子里，偶尔也飘过贺年卡上的那种美丽的雪花，你会觉得那是外邦的神偷偷送来的一件意外的礼物。

不错，现在是南极的夏季，气候转暖，你分明看见山峰和陆地上的积雪融化了。可是，不久你就会知道，融化始终是短暂的，山峰和陆地一次又一次重新变白，雪才是南极的本色。

暴风雪——

一头巨大的白色猛兽突然醒来了，在屋外不停地咆哮着和奔突着。一开始，出于好奇，我们跑到屋外，对着它举起了摄影器材，而它立刻就朝镜头猛扑过来。现在，我们宁愿紧闭门窗，等待着它重新入睡。

天气——

一个身怀绝技的魔术师，它真的能在片刻之间把万里晴空变成满天乌云，把灿烂阳光变成弥漫风雪。

极昼——

在一个慢性子的白昼后面，紧跟着一个急性子的白昼，就把留给黑夜的位置挤掉了。于是，我们不得不分别截取这两个白昼的一尾一首，拼接出一段睡眠的时间来。

极夜——

我对极夜没有体验。不过，我相信，在那样的日子里，每个人的心里一定都回响着上帝在创世第一天发出的命令："要有光！"

02

城市的个性和颜色

从挤车说到上海不是家

在上海出差，天天挤车，至今心有余悸。朋友说，住在上海，就得学会挤车。我怕不是这块料。即使恰好停在面前，我也常常上不了车，一刹那被人浪冲到了一边。万般无奈时，我只好退避三舍，旁观人群一次次冲刺，电车一辆辆开走。我发现，上海人挤车确实训练有素，哪怕打扮入时的姑娘，临阵也表现得既奋勇又从容，令我不知该钦佩还是惋惜。

我无意苛责上海人，他们何尝乐意如此挤轧。我是叹惜挤轧败坏了上海人的心境，使得这些安分守己的良民彼此间时刻准备着展开琐屑的战斗。几乎每回乘车，我都耳闻激烈的争吵。我自己慎之又慎，仍难免受到挑战。

有一回，车刚靠站，未待我挤下车，候车的人便蜂拥而上，堵住了车门。一个抱小孩的男子边往上挤，边振振有词地连声嚷道："还没有上车，你怎么下车?! ”惊愕于这奇特的逻辑，我竟无言以答。

还有一回，我买票的钱被碰落在地上，便弯腰去拾。身旁是一个中年母亲带着她七八岁的女儿。女儿也弯腰想帮我拾钱，母亲却对我厉声喝道："当心点，不要乱撞人! ”我感激地望一眼那女孩，悲哀地想：她长大了会不会变得像母亲一样蛮横自私?

上海人互不相让，面对外地人却能同仇敌忾。我看见一个农民模样的男子乘车，他坐在他携带的一只大包裹上，激起了公愤，呵斥声此起彼伏："上海就是被这种人搞坏了! ”"扣住他，不让他下车! ”我厌恶盲流，但也鄙夷上海人的自大欺生。毕竟上海从来不是幽静的乐园，用不着摆出这副失乐园的愤激姿态。

写到这里，我该承认，我也是一个上海人。据说上海人的家乡意识很重，我却常常意识不到上海是我的家。诚然，我生于斯，长于斯，在这喧闹都市的若干小角落里，藏着只有我自己知道和铭记不忘的儿时记忆。当我现在偶尔尝到或想起从小熟悉的某几样上海菜蔬的滋味时，还会有一丝类似乡思的情绪掠过心头。然而，每次回到上海，我并无游子归家的亲切感。"家乡"这个词提示着生命的源头，家族的繁衍，人与土地的血肉联系。一种把人与土地隔绝开来的装置是不配被称作家乡的。上海太拥挤了，这拥挤于今尤甚，但并非自今日始。我始终不解，许多上海人为何宁愿死守上海，挤在鸽笼般窄小封闭的空间里，忍受最悲惨的放逐——被阳光和土地放逐。拥挤导致人与人的碰撞，却堵塞了人与自然的交流。人与人的碰撞只能触发生活的精明，人与自然的交流才能开启生命的智慧。所以，上海人多小聪明而少大智慧。

我从小受不了喧嚣和拥挤，也许这正是出于生命的自卫本能。受此本能驱策，当初我才乘考大学的机会离开了上海，就像一个寄养在陌生人家的孩子，长大后知道了自己的身世，便出发去寻找自己真正的家。我不能说我的寻找有了满意的结果。时至今日，无论何处，土地都在成为一个愈来愈遥远的回忆。我仅获得了一种海德格尔式的安慰："语言是存在的家。"如果一个人写出了他真正满意的作品，你就没有理由说他无家可归。一切都是身外之物，唯有作品不是。对家园的渴望使我终于找到了语言这个家。我设想，如果我是一个心满意足的上海人，我的归宿就会全然不同。

侯家路

春节回上海，家人在闲谈中说起，侯家路那一带的地皮已被香港影视圈买下，要盖演艺中心，房子都拆了。我听了心里咯噔了一下。从记事起，我就住在侯家路的一座老房子里，直到小学毕业，那里藏着我全部的童年记忆。离开上海后，每次回去探亲，我总要独自到侯家路那条狭窄的卵石路上走走，如同探望一位久远的亲人一样也探望一下我的故宅。那么，从今以后，这个对于我很宝贵的仪式只好一笔勾销了。

侯家路是紧挨城隍庙的一条很老也很窄的路，那一带的路都很老也很窄，纵横交错，路面用很大的卵石铺成。从前那里是上海的老城，置身其中，你会觉得不像在大上海，仿佛是在江南的某个小镇。房屋多为木结构，矮小而且拥挤。走进某一扇临街的小门，爬上黢黑的楼梯，再穿过架在天井上方的一截小木桥，便到了我家。

那是一间很小的正方形屋子，上海人称作亭子间。现在回想起来，那间屋子可真是小啊，放一张大床和一张饭桌就没有空余之地了，但当时我并不觉得。爸爸一定觉得了，所以他自己动手，在旁边拼接了一间更小的屋子。逢年过节，他就用纸糊一只走马灯，挂在这间更小的屋子的窗口。窗口正对着天井上方的小木桥，我站在小木桥上，看透着烛光的走马灯不停地旋转，心中惊奇不已。现在回想起来，那时候爸爸妈妈可真是年轻啊，正享受着人生的美好时光，但当时我并不觉得。他们一定觉得了，所以爸爸要兴高采烈地做走马灯，妈妈的脸上总是漾着明朗的笑容。

也许人要到不再年轻的年龄，才会仿佛突然发现自己的父母也曾经年轻过。这一发现令我备感岁月的无奈。想想曾经多么年轻的他们已经老了或死了，便觉得摆在不再年轻的我面前的路缩短了许多。妈妈不久前度过了八十寿辰，但她把寿宴推迟到了春节举办，好让我们一家有个团聚的机会，我就是为此赶回上海来的。我还到苏州凭吊了爸爸的坟墓，自从他七年前去世后，这是我第一次给他上坟。对我来说，侯家路是一个更值得流连的地方，因为那里珍藏着我的童年岁月，而在我的童年岁月中，我的父母永不会衰老和死亡。

我终于忍不住到侯家路去了。可是，不再有侯家路了。那一带已经变成一片废墟，一个巨大的工地。遭到覆灭命运的不只是侯家路，还有许多别的路，它们已经永远从地球上消失了。当然，从城市建设的眼光看，这些破旧房屋早就该拆除了，毫不足惜。不久后，这里将屹立起气派十足的豪华建筑，令一切感伤的回忆寒酸得无地自容。所以，我赶快拿起笔来，为侯家路也为自己保留一点私人的纪念。

老同学相聚

北大百年校庆，沸沸扬扬，颇热闹了一阵。我一向不喜热闹，所以未曾躬临诸般盛况。唯一的例外，是参加了一次同年级老同学的聚会。很不容易的是，在几位热心人的张罗下，全年级五十名同学，毕业了整整三十年，分散在各地，到会的居然达四十人之众。

阔别三十年，可以想象，当年的同学少年，如今都已年过半百，鬓毛渐衰了。所以，乍一见面，彼此间不免有些陌生。那三十年的日子，原是一天天过的，虽然不可避免地在每个人身上留下了痕迹，但那过程相当漫长，自己或经常见面的人往往不知不觉。而现在，过程一下子被完全省略了，于是每个人都从别人身上看到了岁月的无情印记，如镜子一样鲜明。久别后的重逢，遂因此而令人惆怅、惊愕，需要做心理上的调整。不过，这调整并不难做。我发现，只要是老同学相聚，用不了多会儿，陌生感便会消失，当年那种熟悉的氛围又会重现。随陌生感一起消失的，是绵亘在彼此之间的别后岁月，你几乎会产生一种错觉，仿佛时光倒转，离别从未发生，仍然是当年的那些同学，仍然是上学时的那种情境。此刻，坐在这里听他们一个个讲述着三十年里的人生经历，我并没有听进去所讲述的具体内容，却从各异的谈吐中清晰地辨认出了每个人当年的性格和模样。

让专家学者们去做论述北大传统的辉煌文章吧，对我来说，北大之所以值得怀念，首先是因为它是我度过青春岁月的地方。也正因为这个原因，与老同学相见使我感到异常亲切。尤其是同宿舍的几位同学，曾经朝夕相处许多年，见到了他们，我心中充满莫名的感动。当时在全年级，我年龄最小，赵君年龄最大，比我大整整十岁，总是像兄长一样关心我。三十年后的今天，他见了我的第一句话是："小周，要注意身体。"我听了几乎要掉泪。还有董君，聚会时始终微笑而友好地注视着我，使我想起进北大时我还在长个子，他常常喜欢用手来量一量我是否又长高了一些。我忽然明白了，在老同学眼里，我仍然是从前的那个我，我们之间的关系仍然是从前的那种关系。毕业以后，人们各奔东西，每个人都走过了许多坎坷，发生了种种变化。但是，在短暂的重逢时刻，人们还来不及互相体会别后岁月所包含的这一切，这一切便等于不存在。老同学的相聚提供了一个机会，使每个人得以用老同学的眼睛来看自己，跳过一大截岁月看到了已被自己淡忘的学生时代。

那么，老同学就是互相的青春岁月的证人，彼此不自觉地寄存着若干证据，而在久别后的相聚时刻，他们得以暂时地把所寄存的证据互相交还。当然，久别是必要的，因为经常会面肯定会冲淡对早年同学生活的记忆。当然，相聚也是必要的，否则我们根本无从知道彼此还保存着如此珍贵的记忆。所以，老同学——以及一切曾经共度青春岁月的人——久别以后的相聚是人生一种难得的经验。

树下的老人

十年前，刘彦把他的好几幅油画带到我家里，像举办一个小型画展似的摆开。他让我从中挑选一幅。我站在这幅画前面挪不开脚步了。从此以后，这幅画就始终伴随着我，我相信它将一直伴随我走完人生的旅程。

我对这幅画情有独钟，不仅仅是因为它画得好。刘彦的风景画都画得非常好。可是看见这幅画，我仿佛看见了一种启示，知道了我的人生之路正在通往何处，因此而感到踏实。

画面上是一小片树林，那些树是无名的，看不出它们的种属，也许只是一些普通的树吧。在树木之间，可以看见若干木屋、木篱笆、小土路，也都很普通。画的左下方，一个人坐在树下，他的身影与一截木篱笆，以及木篱笆前的那一丛灌木几乎融为一体。所有的植物都充满着动感，好像能够看见生命的汁液在其中喷涌、流淌、沸腾，使人不由得想到凡·高的画风。然而，与凡·高不同的是，画的整体效果显示出一种肃穆的宁静。刘彦似乎在用这幅画向我们证明，生命的热烈与自然的静谧并不矛盾，让一切生命按照自己的节律自由地生长，结果便是和平。

树下的那个人是谁？他微低着头，一顶小小的圆檐帽遮住了他的脸，而他身上的那件长袍朴素如农装，宽大如古希腊服饰。那么，他是一个农夫，抑或是一位哲人？也许两者都是，是一个思考着世界之底蕴的农夫、一个种了一辈子庄稼的哲人？他坐在那里是在做什么，沉思、回忆、休憩，或者只是在打瞌睡？有一点是可以确定的，便是他置身在尘嚣之外，那尘嚣或者从未到来，或者已被他永远抛在了身后。

后来刘彦告诉我，他的这幅画有一个标题，叫作《树下的老人》。这就对了，一个老人，不过这个老人不像别的老人那样因为行将死亡而格外恋世或厌世，不，他与那个被人恋或厌的世界不再有关系了，他的老境已经自成一个世界。在这个世界里，一切尘世的辛劳都已经消逝，一切超验的追问也都已经平息。他走过了许多沧桑，走到了一棵树下，自己也成了一棵树。现在他只是和周围的那些树一样，回到了单纯的生命。他不再言说但也不是沉默，他的语言和沉默都汇入了树叶的簌簌声。不错，他是孤独的，看来不像有亲人的陪伴，但这孤独已经无须倾诉。一棵树是用不着向别的树倾诉孤独的。如果说他的孤独曾经被切割、搅扰和剥夺，那么现在是完整地收复了，这完整的孤独是充实和圆满，是了无牵挂的归宿。他因此而空灵了，难怪衣帽下空空如也，整个只是一种气息，一种流转在万物之中的气息。所以，这里不再有死亡，不再有时间，也不再有老年。

也许我的解读完全是误读，那有什么要紧呢？我只是想让刘彦知道，他的风景油画是多么耐人寻味。我的直觉告诉我，这是一种最适合于他的天性的艺术，他的内在的激情在其中找到了庇护，得以完好无损地呈现为思想，呈现为超越思想的宁静。风景油画属于他的创作的早期阶段，但我不无理由地相信，他迟早将回到这里，犹如那个老人回到树下，犹如一个被迫出外谋生的游子回到自己朝思暮念的家园。

城市的个性和颜色

城市的颜色——这个题目是对想象力的一个诱惑。如果我是一个中学生，也许我会调动我的全部温情和幻想，给我所生活的城市涂上一种诗意的颜色。可是，我毕竟离那个年龄太远了。

十七岁的法国诗人兰波，年纪够轻了吧，而且对颜色极其敏感，居然能分辨出法语中五个元音有五种不同的颜色。然而，就在那个年龄，他却看不出巴黎的颜色，所看见的只是："所有的情趣都躲进了室内装潢和室外装饰"，"数百万人并不需要相认，他们受着同样的教育，从事相同的职业，也同样衰老"。那是一个多世纪以前的巴黎，那时巴黎已是世界艺术之都了，但这个早熟的孩子仍嫌巴黎没有个性。我到过今日的巴黎，在我这个俗人眼里，巴黎的个性足以登上世界大都市之榜首。不过，我认为兰波的标准是正确的：城市的颜色在于城市的个性，城市没有个性，颜色就无从谈起。

我们来到一个城市，感官首先接触的是那里的建筑和环境。某些自然环境的色彩是鲜明的，例如海洋的蓝、森林的绿、沙漠的黄，或者热带的红、寒带的白。但是，如果用这些自然环境特征代表城市的颜色，仍不免雷同，比如说，世界上有许多城市濒海，它们就都可以称作蓝色城市了。城市的个性更多地体现在建筑的个性上，当然，建筑的个性不限于建筑的风格，其中还凝聚着一个城市的历史、传统和风俗，因而是独特的人文环境的物化形式。这就不得不说到城市保护的老话题了。

　　我出生在上海，童年是在城隍庙附近的老城区度过的。在二十世纪前半叶，上海成为中国最西化的都市，一块块租界内兴建了成片的高楼大厦和小洋房。可是，老城区仍保留了下来。低矮的木结构房屋，狭小的天井，没有大马路，只有纵横交错的一条条铺着蜡黄色大鹅卵石的窄巷，这一切会使你觉得不像在大上海，而像在某个江南小镇。你可以说那里是上海的贫民区，但一个开埠以前的上海可能就保藏在那里。现在，在全上海，再也找不到哪怕一条铺着蜡黄色大鹅卵石的老街了。外滩和旧租界的洋楼当然是舍不得拆的，所以，在日新月异的上海新面孔上，人们毕竟还能读出它的殖民地历史。

　　二十世纪六十年代，我在北京上大学。那时候，城墙已经残破，但所有的城门还在，城里的民居基本上是胡同和四合院。在我的印象里，当年的北京城是秋风落叶下一大片肃穆的青灰色，环抱着中心紫禁城的金黄色琉璃瓦和暗红色宫墙。现在，城墙已经荡然无存，城门也所剩无几，大多数城门成了一个抽象的地名，取而代之的是气势吓人的立交桥。与此相伴随的是，胡同和四合院正在迅速消失。紫禁城虽然安然无恙，但失去了和谐的衬托，在新式高楼的密林里成了一个孤立的存在。

我不是在怀旧，也丝毫不反对城市的发展。我想说的是，一个城市无论怎样繁华，都不能丢失自己的个性。在今日的西方发达国家，维护城市的历史风貌不但已成共识，而且已成法律。凡是历史悠久的街道和房屋，那里的居民尽可以在自己的屋子里实现现代化，但绝不被允许对外观做一丝一毫改变。事实证明，只要合理规划，新城区的扩展与老建筑的保护完全可以并行不悖，相映成趣。城市的颜色——这是一个有趣的想象力游戏。我相信，即使同一个有鲜明特色的城市，不同的人对它的颜色也一定会有不同的判断，在其中交织进了自己的经历、性格和心情。但是，前提是这个城市有个性。如果千城一面，都是环城公路、豪华商场、立交桥、酒吧街，都是兰波说的室内装潢和室外装饰，游戏就玩不下去了。

巴黎的一个普通黄昏，我和一位朋友沿着塞纳河散步，信步走到河面的一座桥上。这座桥叫艺术桥，和塞纳河上的其他许多桥一样古老，兰波一定在上面行走过。桥面用原色的木板铺成，两边是绿色的铁栏杆。我们靠着栏杆，席地而坐，背后波光闪烁，暮霭中屹立着巴黎圣母院的巨大身影。桥的南端通往著名的法兰西学院。朋友翻看着刚刚买回的画册，突然高兴地指给我看毕沙罗的一幅风景画，画的正是从我们这个位置看到的北岸的景物。在我们近旁，一个姑娘也席地而坐，正在画素描。在我们面前，几个年轻人坐在木条凳上，自得其乐地敲着手鼓。一个姑娘走来，驻足静听良久，上前亲吻那个束着长发的男鼓手，然后平静地离去。又有两个姑娘走来，也和那个鼓手亲吻。这一切似乎很平常，而那个鼓手敲得的确好。倘若当时有人问我，巴黎是什么颜色，我未必能答出来，但是我知道，巴黎是有颜色的，一种非常美丽的颜色。

都市里的外乡人

我出生在都市，并且在都市里度过了迄今为止的大部分岁月。可是，我常常觉得，我只是都市里的一个外乡人。我的活动范围极其有限，基本上是坐在家里读书和写作，每周去一趟单位，偶尔到朋友家里串一串门，或者和朋友们去郊外玩一玩。在偌大都市中，我最熟悉的仅是住宅附近的一两家普通商店，那已经足以应付我的基本生活需要了。其余的广大区域，尤其是使都市引以为豪的那许多豪华商场和高级娱乐场所，对于我不过是一种观念的存在，是一些我无暇去探究的现代迷宫。

近些年来，我到过别的一些城市。我惊奇地发现，所到之处，即使是从前很偏僻的地方，都正在迅速涌现成一个个新的都市。然而，这些新的都市是何其雷同！古旧的小街和城墙被拆除了，取而代之的是环城公路和通衢大道。格局相似的豪华商场向每一个城市的中心胜利进军，成为每一个城市的新的标记。这些标记丝毫不能显示城市的特色，相反却证明了城市的无名。事实上，当你徘徊在某一个城市的街头时，如果单凭眼前的景观，你的确无法判断自己究竟身在哪一个城市。甚至人们的消闲方式也在趋于一致，夜幕降临之后，延安城里不再闻秧歌之声，时髦的青年男女纷纷走进兰花花卡拉OK厅。

当然，都市化还可以有另一种模式。我到过欧洲的一些城市，例如世界大都会巴黎，那里在更新城市建筑的同时，把维护城市的历史风貌看得比一切都重要，几近于神圣不可侵犯。一个城市的建筑风格和民俗风情体现了这个城市的个性，它们源于这个城市的特殊的历史和文化传统。消灭了一个城市的个性，差不多就等于是消灭了这个城市的记忆。这样的城市无论多么繁华，对于它的客人都丧失了学习和欣赏的价值，对于它的主人也丧失了家的意义。其实，在一个失去了记忆的城市里，并不存在真正的主人，每一个居民都只是无家可归的外乡人而已。

就我的性情而言，我恐怕永远将是一个游离于都市生活的外乡人。不过，我无意反对都市化。我知道，虽然都市化会带来诸如人口密集、交通拥挤之类的弊端，但都市化本身毕竟是一个进步，它促进了经济和文化的繁荣。我只是希望都市化按照一种健康的方式进行。即使作为一个外乡人，我也是能够欣赏都市的美的。有时候，夜深人静之时，我独自漫步在灯火明灭的北京街头，望着被五光十色的聚光灯照亮的幢幢高楼，一种赞叹之情便会油然而生：在浩瀚宇宙的一个小小的角落，可爱的人类竟给自己造出了这么些精巧的玩具。我还庆幸于自己的发现：都市最美的时刻，是在白昼和夜生活的喧嚣都沉寂了下去的时候。

品味平凡生活

　　关键的经历颇为特别。从北京大学毕业后，她到巴黎闯荡。一个中国姑娘，置身于世界艺术之都的浪漫，心情当然很兴奋。那些年里，我两次去巴黎，看见她忙于找房子，开画廊，一副扎根巴黎搞事业的劲头。何尝想到，若干年后，她一头钻进法国南部阿尔卑斯山麓，在一个不知名的小村镇定居下来了。按照常理，一个中国人到法国，就好像从乡村来到都市，图的就是都市的繁华，关键一开始想必也是如此。可结果是在法国的偏远乡村找到了自己的归宿，日子比在中国冷清得多，并且义无反顾，心满意足。这不是很特别吗？

　　不过，对关键自己来说，这又是自然而然的。在巴黎的十年里，她总听见一个声音在呼唤她，越来越清晰，告诉她都市不是她的家，叮嘱她去寻找真正的家。希腊哲人说：一个人的性格就是他的命运。

这句话也可理解为：一个人最好的生活就是最适合于他的天性的生活。如果不适合，不管这种生活在旁人眼里多么值得羡慕，都不算好。因此，那个呼唤她的声音其实是她自己的天性，而她也就听从了它的指引。

读了关键在乡居中写的文字，我相信，她不但回到了自己真正的家，而且回归了生活的本质。当然，生活的形象是千姿百态的，混迹都市、追逐功名、叱咤风云也都是生活，不一定要隐居山林。但是，太热闹的生活始终有一个危险，就是被热闹所占有，渐渐误以为热闹就是生活，热闹之外别无生活，最后真的只剩下了热闹，没有了生活。在人的生活中，有一些东西是可有可无的，有了也许增色，没有也无损本质；有一些东西则是不可缺的，缺了就不复是生活。什么东西不可缺，谁说都不算数，生养人类的大自然是唯一的权威。自然规定了生命离不开阳光和土地，规定了人类必须耕耘和繁衍。最基本的生活内容原是最平凡的，但正是它们构成了人类生活的永恒核心。乡村生活的优点在于，这个真理是直接呈现的，是一个每天都能感知到的事实。一个人长久受这个真理浸染，化作自己的血肉，世间任何浮华就都不能再诱惑他了。

不过，地方毕竟不是决定性的。无论身在城市还是身在乡村，一个人都可能领悟生活的真谛，也都可能毫无感受，就看你的心静不静。我们捧着一本书，如果心不静，再好的书也读不进去，更不用说领会其中的妙处了。读生活这本书也是如此。其实，只有安静下来，人的心灵和感官才是真正开放的，从而变得敏锐，与对象处在一种最佳关系之中。但是，心静又是强求不来的，它是一种境界，是世界观导致的结果。一个不知道自己到底要什么的人，必定总是处在心猿意马的状态。关键一定知道她到底要什么，所以她的心很静。多年来，她安心地在欧洲山村里做一个普通人，细心地品尝每一个平凡日子的滋味，品出了许多美味。在法国南方的乡村，许多农家自酿葡萄酒，其味醇和而耐久，主人端出来款待过往客人，大商店里是买不到的。关键端给我们的正是她自酿的红酒。

　　近些年来，图书市场时常推出中国人写自己在国外经历的书，内容多为如何奋斗，如何惊险，如何成功，如何风光，仿佛国外真是冒险家的乐园似的。《隐居法国》这本书提供了一个不同的版本，它告诉我们，不论中国外国，真实的生活都是平凡的，而平凡自有其动人之处。哪一种版本更符合真相，对国外有所了解的人是心中有数的，不了解国外但懂得生活的人也是心中有数的。

平凡生活的价值

　　生命是人存在的基础和核心。个人建功创业、致富猎名，倘若结果不能让自己安身立命，究竟有何价值？人类齐家治国、争霸称雄，倘若结果不能让百姓安居乐业，究竟有何价值？

　　世代交替，生命繁衍，人类生活的基本内核原本就是平凡的。战争、政治、文化、财富、历险、浪漫，一切的不平凡，最后都要回归平凡，都要按照对人类平凡生活的功过确定其价值。即使在伟人的生平中，最能打动我们的也不是丰功伟绩，而是那些在平凡生活中显露真实人性的时刻，这样的时刻恰恰是人人都拥有的。遗憾的是，在今天的世界上，人们惶惶然追求貌似不平凡的东西，懂得珍惜和品味平凡生活的人何其少。

　　人世间的一切不平凡，最后都要回归平凡，都要用平凡生活来衡量其价值。伟大、精彩、成功都不算什么，只有把平凡生活真正过好，人生才是圆满。

　　人世间真实的幸福原是极简单的。人们轻慢和拒绝神的礼物，偏要到别处去寻找幸福，结果生活越来越复杂，也越来越不幸。

　　人在世上不妨去追求种种幸福，但不要忘了最重要的幸福就在你自己身边，那就是平凡的亲情。人在遭遇苦难时诚然可以去寻求别人的帮助和安慰，但不要忘了唯有一样东西能够使你真正承受苦难，那就是你自己的坚忍。在我看来，一个人懂得珍惜属于自己的那一份亲情，又勇于承担属于自己的那一份苦难，乃是人生的两项伟大成就。

　　活在世上，没有一个人愿意完全孤独。天才的孤独是指他的思想不被人理解，在实际生活中，他却也是愿意有个好伴侣的，如果没有，那是运气不好，并非他主动选择。人不论伟大平凡，真实的幸福都是很平凡很实在的。才赋和事业只能决定一个人是否优秀，不能决定他是否幸福。我们说贝多芬是一个不幸的天才，泰戈尔是一个幸福的天才，其根据就是在世俗领域的不同遭遇。

只是眷恋这人间烟火

03

倾听生命的声音

生命本来没有名字

这是一封读者来信，从一家杂志社转来的。每个作家都有自己的读者，都会收到读者的来信，这很平常。我不经意地拆开了信封。可是，读了信，我的心在一种温暖的感动中战栗了。

请允许我把这封不长的信抄录在这里——

不知道该怎样称呼您，每一种尝试都令自己沮丧，所以就冒昧地开口了，实在是一份由衷的生命对生命的亲切温暖的敬意。

记住您的名字大约是在七年前，那一年翻看一本《父母必读》，上面有一篇写孩子的或者是写给孩子的文章，是印刷体却另有一种纤柔之感，觉得您这个男人的面孔很别样。

后来慢慢长大了，读您的文章便多了，常推荐给周围的人去读，从不多聒噪什么，觉得您的文章和人似乎是很需要我们安静的，因为什么，却并不深究下去了。

这回读您的《时光村落里的往事》，恍若穿行乡村，沐浴到了最干净最暖和的阳光。我是一个卑微的生命，但我相信您一定愿意静静地听这个生命说："我愿意静静地听您说话……"我从不愿把您想象成一个思想家或散文家，您不会为此生气吧。

也许再过好多年之后，我已经老了，那时候，我相信为了年轻时读过的您的那些话语，我要用心说一声：谢谢您！

信尾没有落款，只有这一行字："生命本来没有名字吧，我是，你是。"我这才想到查看信封，发现那上面也没有寄信人的地址，作为替代的是"时光村落"四个字。我注意了邮戳，寄自河北怀来。

从信的口气看，我相信写信人是一个很年轻的刚刚长大的女孩，一个生活在穷城僻镇的女孩。我不曾给《父母必读》寄过稿子，那篇使她和我初次相遇的文章，也许是这个杂志转载的，也许是她记错了刊载的地方，不过这都无关紧要。令我感动的是她对我的文章的读法，不是从中寻找思想，也不是作为散文欣赏，而是一个生命静静地倾听另一个生命。所以，我所获得的不是一个作家的虚荣心的满足，而是一个生命被另一个生命领悟的温暖，一种暖入人性根底的深深的感动。

"生命本来没有名字"——这话说得多么好！我们降生到世上，有谁是带着名字来的？又有谁是带着头衔、职位、身份、财产等等来的？可是，随着我们长大，越来越深地沉溺于俗务琐事，已经很少有人能记起这个最单纯的事实了。我们彼此以名字相见，名字又与头衔、身份、财产之类相连，结果，在这些寄生物的缠绕之下，生命本身隐匿了，甚至萎缩了。无论对己对人，生命的感觉都日趋麻痹。多数时候，我们只是作为一个称谓活在世上。即使是朝夕相处的伴侣，也难得以生命的本然状态相待，更多的是一种伦常和习惯。浩瀚宇宙间，也许只有我们的星球开出了生命的花朵，可是，在这个幸运的星球上，比比皆是利益的交换、身份的较量、财产的争夺，最罕见的偏偏是生命与生命的相遇。仔细想想，我们是怎样本末倒置，因小失大，辜负了造化的宠爱。

是的——我是，你是，每一个人都是一个多么普通又多么独特的生命，原本无名无姓，却到底可歌可泣。我、你、每一个生命都是那么偶然地来到这个世界上，完全可能不降生，却毕竟降生了，然后又将必然地离去。想一想世界在时间和空间上的无限、每一个生命的诞生的偶然，怎能不感到一个生命与另一个生命的相遇是一种奇迹呢。有时我甚至觉得，两个生命在世上同时存在过，哪怕永不相遇，其中也仍然有一种令人感动的因缘。我相信，这种对生命的珍惜和体悟乃是一切人间之爱的至深的源泉。你说你爱你的妻子，可是，如果你不是把她当作一个独一无二的生命来爱，那么你的爱还是比较有限。你爱她的美丽、温柔、贤惠、聪明，当然都对，但这些品质在别的女人身上也能找到。唯独她的生命，作为一个生命体的她，却是在普天下的女人身上都无法重组或再生的，一旦失去，便是不可挽回地失去了。世上什么都能重复，恋爱可以再谈，配偶可以另择，身份可以炮制，钱财可以重挣，甚至历史也可以重演，唯独生命不能。愈是精微的事物愈不可重复，所以，与每一个既普通又独特的生命相比，包括名声、地位、财产在内的种种外在遭遇实在粗浅得很。

既然如此，当另一个生命，一个陌生得连名字也不知道的生命，远远地却又那么亲近地发现了你的生命，透过世俗功利和文化的外观，向你的生命发出了不求回报的呼应，这岂非人生中令人感动的幸遇？

所以，我要感谢这个不知名的女孩，感谢她用她的安静的倾听和领悟点拨了我的生命的性灵。她使我愈加坚信，此生此世，当不当思想家或散文家，写不写得出漂亮文章，真是不重要。我唯愿保持住一份生命的本色，一份能够安静聆听别的生命也使别的生命愿意安静聆听的纯真，此中的快乐远非浮华功名可比。

很想让她知道我的感谢，但愿她读到这篇文章。

倾听生命的声音

一

　　"生命"是一个美丽的词，但它的美被琐碎的日常生活掩盖住了。我们活着，可是我们并不是时时对生命有所体验的。相反，这样的时候很少。大多数时候，我们倒是像无生命的机械一样活着。

　　人们追求幸福，其实，还有什么时刻比那些对生命的体验最强烈最鲜明的时刻更幸福呢？当我感觉到自己的肢体和血管里布满了新鲜的、活跃的生命之时，我的确认为，此时此刻我是世上最幸福的人了。

二

生命是最基本的价值。一个最简单的事实是，每个人只有一条命。在无限的时空中，再也不会有同样的机会，所有因素都恰好组合在一起，来产生这一个特定的个体了。一旦失去了生命，没有人能够活第二次。同时，生命又是人生其他一切价值的前提，没有了生命，其他一切都无从谈起。

因此，对于自己的生命，我们当知珍惜，对于他人的生命，我们当知关爱。

这个道理似乎是不言而喻的。可是，仔细想一想，有多少人一辈子只把自己当作了赚钱的机器，何尝把自己真正当作生命来珍惜；又有多少人只用利害关系的眼光估量他人的价值，何尝把他人真正当作生命去关爱。

三

生命是我们最珍爱的东西，它是我们所拥有的一切的前提，失去了它，我们就失去了一切。生命又是我们最忽略的东西，我们对于自己拥有它实在太习以为常了，而一切习惯了的东西都容易被我们忘记。因此，人们在道理上都知道生命的宝贵，实际上却常常做一些损害生命的事情——抽烟，酗酒，纵欲，不讲卫生，超负荷工作，等等。因此，人们为虚名浮利而忙碌，却舍不得花时间来让生命本身感到愉快，来做一些实现生命本身的价值的事情。

往往是当我们的生命真正受到威胁的时候，我们才幡然醒悟，生命的不可替代的价值才凸现在我们的眼前。但是，有时候醒悟已经为时太晚，损失已经不可挽回。

让我们记住，每一个人对于自己的生命，第一有爱护它的责任，第二有享受它的权利，而这两方面是统一的。世上有两种人对自己的生命最不知爱护也最不善享受，其一是工作狂，其二是纵欲者，他们其实是在以不同的方式透支和榨取生命。

四

生命原是人的最珍贵的价值。可是，在当今的时代，其他种种次要的价值取代生命成了人生的主要目标乃至唯一目标，人们耗尽毕生精力追逐金钱、权力、名声、地位等等，从来不问一下这些东西是否使生命获得了真正的满足，生命真正的需要是什么。

生命原是一个内容丰富的组合体，包含着多种多样的需要、能力、冲动，其中每一种都有独立的存在和价值，都应该得到实现和满足。可是，现实的情形是，多少人的内在潜能没有得到开发，他们的生命早早地就纳入了一条狭窄而固定的轨道，并且以同样的方式把自己的子女也培养成片面的人。

我们不可避免地生活在一个功利的世界上，人人必须为生存而奋斗，这一点决定了生命本身的要求在一定程度上遭到忽视的必然性。然而，我们可以也应当减轻这个程度，为生命争取尽可能大的空间。

在市声尘嚣之中，生命的声音已经久被遮蔽，无人理会。现在，让我们都安静下来，每个人都倾听自己身体和心灵的内部，听一听自己的生命在说什么，想一想自己的生命究竟需要什么。

五

在中国传统哲学中，最重视生命价值的学派应是道家。《淮南王书》把这方面的思想概括为"全性保真，不以物累形"。庄子也一再强调要"不失其性命之情""任其性命之情"，相反的情形则是"丧己于物，失性于俗者，谓之倒置之民"。在庄子看来，物欲与生命是相敌对的，被物欲控制住的人是与生命的本性背道而驰的，因而是颠倒的人。

自然赋予人的一切生命欲望皆无罪，禁欲主义最没有道理。我们既然拥有了生命，当然有权享受它。但是，生命欲望和物欲是两回事。一方面，生命本身对于物质资料的需要是有限的，物欲绝非生命本身之需，而是社会刺激起来的。另一方面，生命享受的疆域无比宽广，相比之下，物欲的满足就太狭窄了。因此，那些只把生命用来追求物质的人，实际上既怠慢了自己生命的真正需要，也剥夺了自己生命享受的广阔疆域。

六

生命是宇宙间的奇迹，它的来源神秘莫测。是进化的产物，还是上帝的创造，这并不重要。重要的是用你的心去感受这奇迹。于是，你便会懂得欣赏大自然中的生命现象，用它们的千姿百态丰富你的心胸。于是，你便会善待一切生命，从每一个素不相识的人，到一头羚羊、一只昆虫、一棵树，从心底里产生万物同源的亲近感。于是，你便会怀有一种敬畏之心，敬畏生命，也敬畏创造生命的造物主，不管人们把它称作神还是大自然。

七

人生的意义，在世俗层次上即幸福，在社会层次上即道德，在超越层次上即信仰，皆取决于对生命的态度。

八

在事物上有太多理性的堆积物：语词、概念、意见、评价等等。在生命上也有太多社会的堆积物：财富、权力、地位、名声等等。天长日久，堆积物取代本体，组成了一个牢不可破的虚假的世界。

九

从生命的观点看，现代人的生活有两个弊病。一方面，文明为我们创造了越来越优裕的物质条件，远超出维持生命之所需，那超出的部分固然提供了享受，但同时也使我们的生活方式变得复杂，离生命在自然界的本来状态越来越远。另一方面，优裕的物质条件也使我们容易沉湎于安逸，丧失面对巨大危险的勇气和坚强，在精神上变得平庸。我们的生命远离两个方向上的极限状态，向下没有承受匮乏的忍耐力，向上没有挑战危险的爆发力，躲在舒适安全的中间地带，其感觉日趋麻木。

尊重生命

一、生命是最基本的价值

讲人文精神,讲尊重人的价值,第一条就应该是尊重生命的价值。对每一个人来说,生命是最珍贵的,没有了生命什么都谈不上。这个道理应该说是不言而喻的。一个最简单的道理是,每个人只有一条命,在无限的时空中,在宇宙的永恒运动中,每个人只有一次机会活到这个世界上来。认真说来,其实每一个人在这个宇宙间产生的机会几乎等于零。我有时想,我能够生到这个世界上来,这真是一件不可思议的事情。如果我的父亲和母亲不认识就不会有我,他们认识了没有结婚也不会有我,他们结了婚不在某个特定的时刻做爱还是不会有我。一直往上推,母亲的父亲和母亲,父亲的父亲和母亲,一直推到最早的老祖宗,里面只要有一个因素改变,就不会有我。你说这个机会是多么小，几乎等于零。但是，我总算生出来了，可是，我如此偶然地来到这个世界，又必然地要离开这个世界，我死了以后，这个宇宙间再也不可能第二次把我产生出来了。这么一想，你可能觉得生命是一种非常虚幻的东西，也可能觉得生命是一种非常珍贵的东西。不管怎么说，人珍惜自己的这个只有一次的生命，我认为是最正常的，是特别可以理解的。那么，我们应该将心比心，对于别人的生命，对于每一个生命，我们都要想到他只有一次机会，如果他失去了生命，他就再也没有第二次机会了。所以，我们每个人对自己的生命要珍惜，对别人的生命要关爱。

　　生命不但是珍贵的，而且是神圣的，因为生命的来源是神秘的。自然科学有三大难题，第一个是宇宙的起源，第二个是生命的起源，第三个是大脑的起源。这三样恰恰是最要紧的东西，它们是真正的创世秘密，自然科学并没有揭示谜底，最多只能提出假说，而且是很不圆满的假说。比如说，关于宇宙的起源，霍金用大爆炸理论来解释，现在这个宇宙产生于大爆炸，大爆炸把以前的信息全部吸收了，大爆炸以前的宇宙历史等于不存在了，我们所了解的宇宙是从大爆炸以后开始的。那么，实际上他所说的是我们认识所能达到的范围内的这个宇宙的起源，大爆炸把以前的信息全部吸收了，并不等于以前的宇宙不存在，那个宇宙的起源仍然是一个谜。当然，如果宇宙是永恒存在的，就无所谓起源的问题，但是，对人类思维来说，这个没有开端、没有起源的宇宙更是一个不可思议的大谜。有关生命的起源，我们也只有各种各样的假说，有一种猜测是来自外星，可是问题依然存在，外星上的生命又来自哪里？你说基因、脱氧核糖核酸是生命的基础，但基因的起源又是一个难解的谜。还有一个难题是人脑的起源，达尔文用进化论来解释人的产生，但是他自己承认，人的大脑、人的理性是怎么形成的，这是进化论中一个"缺失的环节"，进化论无法解释。所以，我倾向于认为，这三个大问题可能是大自然的永恒秘密，它们不是科学问题，而是哲学问题、信仰问题，自然科学恐怕永远提供不了最后的谜底。

按照基督教的说法，这些问题是人的理性不能解决的，你就不要绞尽脑汁去思考了，你相信上帝就行了。世界和生命都是上帝创造的，所以生命是神圣的，你对生命要有敬畏之心。按照佛教的看法呢，每一个生命都是很偶然地产生的，是一种缘，因缘而起，因缘而灭，很偶然的因素凑在一起产生了生命，这些偶然的因素消散了，生命也就不存在了。而且，生命如此偶然地产生了以后，它的整个经历是受苦。所以，佛教提倡对生命要有一种慈悲的心怀。我想，你可以从不同角度来看生命，可以对生命怀有人道主义的博爱，可以怀有佛教的慈悲，可以怀有基督教的敬畏，都可以，共同点是尊重生命。

事实上，很多非宗教人士，包括一些哲学家和诗人、一些科学家，都认为生命的来源是神秘的，生命是神圣的。泰戈尔有一句诗："我的主……你的世纪，一个接着一个，来完成一朵小小的野花。"他表达的就是生命神秘的感觉，无论多么微小的生命，它的来源都是神秘的。人的生命当然更是如此，我是我爸爸妈妈生的，但是单凭他们两人的能力能生出我来吗？肯定不能，实际上大自然不知道运作了多少个世纪才产生了我这么一个人。当然不仅仅是我，每一个人，地球上的每一个生命，都是这样，都是我们不知道的某种神秘力量作用的结果。所以，我们对生命不但要珍惜，要关爱，而且要敬畏。这倒不一定是说，生命是上帝创造的。大自然经过了无比漫长的时间、无比复杂的程序，终于把生命创造出来了，这也足以使我们对生命怀有敬畏之心了。

二、尊重自己的生命

尊重生命的价值，包括尊重自己的生命和尊重别人的生命。我认为一个人首先要尊重自己的生命，如果你不懂得尊重自己的生命，实际上你就不可能懂得尊重别人的生命。

从尊重自己的生命来说，一个是要珍惜生命，养成健康的生活方式，不做损害生命的事，比如吸毒、纵欲、过劳等。珍惜生命这个道理似乎很简单，其实真正做到并不容易。我们对于拥有生命这件事情实在是太习惯了，而习惯了的东西我们往往是不知珍惜的。可能我们平时会做很多损害自己生命的事情，但是直到最后恶果暴露出来的时候，我们才追悔莫及。很多科学家、企业家英年早逝，往往是因为过于疲劳，如果他们早知道是这个结果，就一定会有所节制。人生有很多可欲的价值，比如成功、财富等等，追求这些东西无可非议，但是应当记住，你的生命比那些东西重要得多，没有了生命，那些东西都是空的。实际上我们很容易忘记，我自己也是这样，一忙起来就不要命，仔细想想是很不理智的。

另一个是要享受生命。我最反对禁欲主义，在我看来，凡是自然赋予人的本能欲望都是无罪的，都有权利得到满足。我们中国的儒家传统，或者西方的基督教传统，往往把生命的本能欲望尤其性欲说成罪恶，好像那是不干净的，尼采经常批判这一点，指出这是把生命的源头给弄脏了，使人对生命本身有了一种罪恶感，享受生命的本能却感到是在犯罪。当然，享受生命不应该停留在满足生理性的欲望，这个层次还太低。我们应当经常倾听一下自己的生命在说什么，它的真正的需要是什么，怎样的状态才是它感到最舒服的状态。在我们这个时代，一个常见的现象是，人们纷纷把生命都用于追求物质的东西，然后又来消费这些物质的东西，总之，生命完全用来满足物欲。我始终认为，这其实是在使用生命，甚至是在糟蹋生命，绝不是在真正享受生命。这里面有一个很大的误解，就是把物欲等同于生命欲望。事实上，物欲是社会刺激起来的，绝不是生命本身的需要。许多希腊哲人都指出一点，就是生命对物的需要其实是十分有限的，中国道家也强调"全性保真""不失其性命之情""不以物累形"，这些哲人是生命真正的知音，他们的话值得我们好好想一想。

怎样才是尊重自己的生命？我觉得不但要珍惜生命、享受生命，最重要的是要对自己的生命负责。人生有很多责任，你要对很多东西负责。作为一个家庭的成员，子女要对父母负责任，父母要对子女负责任；作为社会的成员，每个人都要对社会负责任。但我觉得最根本的责任是一个人要对自己的人生负责任。你想想看，一个人只有一次人生，如果你死了，没有任何人能够代替你再活一次。如果你的一生虚度了，没有任何人能真正安慰你，那时候说什么都没有用了。你对自己的人生的责任，没有任何人能替你分担。所以，每个人都应该对自己的人生有最严肃的责任心，它实际上是一个人对世界上其他一切的责任心的根源。你对自己的人生不负责，怎么过都无所谓，如果你抱这样的态度的话，会对其他的事真正负起责任吗？自己怎么活都无所谓，这样的人怎么可能对别人的事情认真呢？相反，如果你对自己的人生有强烈的责任心，那么，你对你该做什么事、不该做什么事一定会有严肃的考虑，对于你认为应该做的事情，你就一定会负起责任，当然，如果你觉得不该做，做那些事对你的人生没有意义，甚至有反面的意义，你也就会明确地拒绝。所以我认为，对自己的人生负责任，这是对自己生命的最大尊重。

三、尊重他人的生命

尊重生命的价值，当然不但要尊重自己的生命，更要尊重他人的生命。在这方面，我要特别强调，人一定要有同情心，要有基本的善良品质。爱惜自己的生命，这可以说是本能，但人不只有这一个本能，人还应该有另一个本能，就是同情别人的生命，同情一切生命。如果只有前一个本能，没有后一个本能，那就和动物差不多。中国和西方的哲学家都非常重视同情这个本能，认为它是人性中固有的因素，是人区别于动物的起点，而且把同情看作道德的基础。在中国的哲学家里，最强调同情心的是孟子，用他的话说叫恻隐之心、不忍人之心。他说同情心是人皆有之的，如果没有，就不是人。

他还明确地说，同情心是"仁之端"，就是道德的开端、道德的萌芽，道德是从这里发展出来的。

在这一点上，西方哲学家的思想，与东方哲学家的思想可以说惊人地相似。说得最清楚的是亚当·斯密。他认为，同情是道德的基础，由同情发展出了两类道德。一类是消极的道德，就是正义。为什么把正义称作消极的道德呢？因为它是从否定的角度来规定人的行为的，它讲的是人不能做什么，就是你觉得对你有害的事情，你也不能对别人做，你不能对别人做坏事，不能损害别人的利益。在中国哲学里，正义就相当于孔子所说的"己所不欲，勿施于人"，也就是恕。另一类是积极的道德，就是仁慈。仁慈是从肯定的方面来规定人的行为的，就是你应该做什么。你不能损人，这是正义，但是这还不够，看见那些正在受苦的人，那些弱者，你仅仅不去损害他当然就不够了，这个时候他需要你的帮助，所以你还应该去帮助他。你认为好的东西，你也要让别人享受到，这就是仁慈。简单地讲，正义就是不损人，仁慈就是助人。在孔子那里已经有了两类道德的思想，仁慈就相当于他所说的"己欲立而立人，己欲达而达人"，也就是仁。

这样看来，人有两类本能。一个是生命本能，爱自己的生命，对自己生命有利的东西，他就喜欢，就想得到，对自己生命有害的东西，他就厌恶，就想避开，这就是所谓趋利避害。在这个意义上，可以说利己是人的本性。另一个是同情本能，就是看见别人的生命有了危险，遭到了威胁或损害，他会设身处地去感受，他也会不好受。孟子举过一个例子，你看见一个小孩在井边玩，快掉下去了，你会着急。你为什么会着急呢？是因为你和这个小孩有亲戚关系吗？当然如果有亲戚关系，甚至是你自己的孩子，你会更着急，但是没有亲戚关系你也会着急，因为你能推己及人，在看到小孩身处危险情景的那一瞬间，你仿佛感觉到了自己如果掉入井里是什么后果。那么，同情本能实际上是以生命本能也就是利己本能为基础的，在这个基础上将心比心，推己及人，才发生了同情。所以，一个人要能够对别人有同情心，就必须具备两个条件。第一个是要有健全的生命本能，对自己的生命有一种敏锐，爱自己的生命。如果对自己的生命是麻木的，这样的人是石头，他的心已经变得像石头一样，石头对自己是没有感觉的，这样的人对别人的生命就必然是冷漠的。第二个条件是要能够推己及人，由爱自己的生命而体会到别人也是爱他自己的生命的，这样才能够对别人的生命怀有一种同情。世上有一种人对自己的生命倒是极为爱惜，但是不能推己及人，不能去体会别人也爱自己的生命的心情，这样的人在我看来就是禽兽，他们对别人的生命必然是冷酷的。据我看，这是犯罪人格，尤其是那些杀人犯的人格，你看好了，无非是这两种类型，一种是对一切生命包括自己的生命都非常麻木，另一种是极端自私，为了满足自己的欲望不择手段。

四、对传统的反思

讲到这里，我觉得有一个问题很值得我们反思。我在上面提到孔子和孟子，我们看到，中国儒家是很重视对他人和他人生命的同情的，儒家的核心概念"仁"也是以同情为基础的。可是，我们同时又看到，在中国两千年的专制统治中，儒家学说一直居于正统地位，这个以儒家学说为理论根据的专制制度是最不尊重生命的价值的，对生命最没有同情的态度的。这是怎么回事呢？我刚才说了，同情有两个条件，也可以说是两个环节，一个是生命本能或者说利己本能，一个是推己及人。我觉得问题就出在这里，儒家学说在这两个环节上都有毛病。

首先，儒家对于生命本能、对于利己是否定的，一直在批判利己，从孔子开始就是这样。西方哲学对于利己是肯定的，认为利己是生命本能，对于生命本能不能做道德判断，你不能说生命的本能是有罪的、是坏的、是恶的。但是，中国儒家否定利己，所谓"君子喻于义，小人喻于利"，把利己看作小人的行为，道德的缺陷，对它进行道德审判，这就使推己及人没有了基础。你把生命本能、把人欲当作万恶之源灭掉了，整个社会的生命感觉都麻木了，同情心怎么可能发达呢？早期儒家里头，大约只有荀子在这方面比较正确，他认为在好利恶害这一点上，君子和小人是一样的，区别只在求利的原则不同，只有那种唯利是图、不择手段的人才是小人。可惜的是，荀子的这个思想在中国传统里不占主导地位，没有得到发扬。

其次，我觉得在推己及人上也出了毛病。孔子说"能近取譬"，就是从自己身边推起，这也对，但是在推的时候太局限在宗法关系里了，结果，仁就蜕变成了孝，就是晚辈服从长辈，儿子服从老子。然后，又把这种父子关系推广到君臣关系，孝推广为忠，全国人民都是皇帝的儿子，臣必须服从君，君命臣死，臣不能不死。这样一来，本来是提倡同情生命的儒家伦理，蜕变成了严格的等级秩序，在这个秩序中，个体生命没有丝毫价值，终于结出了极端蔑视生命的专制政治这个毒果。

专制政治是绝对蔑视生命的，在专制权力面前，生命等于零，没有一点价值，没有一点权利。两千年的封建王朝统治，不知道剥夺了多少无辜的生命，皇帝拥有绝对的生杀予夺之权，他对谁不满意了，往往是满门抄斩，弄不好还株连九族。你想一想，株连九族是一个什么概念，那时候都是大家族，几百人几千人，包括老人孩子，一下子就莫名其妙地被消灭光了。这些都是朝廷命官，那老百姓的命就更不值钱了。所以，鲁迅说中国的历史是吃人的历史。

中国的这个蔑视生命价值的传统是很可怕的，它一直影响到现在，我们只要回顾一下历次政治运动，就清楚了。

五、对现状的批评

政治运动是非常时期，历史早已翻过去了，但是，如果不从法律上确实保障公民的生命权，如果不树立全民尊重生命的意识，一旦气候合适，难保历史不会重演。事实上，在今天，由于对权力缺乏严格的法律限制，再加上执法者的素质差，草菅人命的情形仍然时有发生。大家都知道孙志刚事件，孙志刚因为是一个大学生，在收容所里被打死了，在社会上引起了很大震动，经过正义人士的呼吁和努力，终于把收容条例给取消了。其实这类事情很多，因为大多发生在农民和民工身上，就没有引起多么大的重视。我最近还看到一个报道，四川的李思怡事件，李思怡是一个三岁的小女孩，她的母亲是一个吸毒者。她的母亲把她放在家里面，因偷盗被派出所的警察看到了，就把她抓了起来，后被强制戒毒。她就哭呀，说我的孩子在家里，你们让我把孩子带出来，回答是不行。在把她押往戒毒所的路上，经过她家门口，她哭着要进去，还是不让。她又要求警察打电话给她姐姐，让她姐姐照顾孩子，但警察多次联系未果。后来警察给她家附近的派出所打了一个电话，让那里的警察去看一下孩子，可是那边竟然把此事忘了。过了十七天，邻居闻到臭味，后报警把门撬开，小女孩当然早就死了。对生命如此冷漠，除了愤怒，我不知道还能说什么！

除了传统的遗毒，今天在市场化过程中又产生了新的问题，蔑视生命的传统又有了新的表现，就是在金钱面前生命毫无价值。由于我们本来就轻视生命的价值，因此，过去是在权力面前生命等于零，现在很容易就变成了在金钱面前生命等于零。你翻一翻报纸就知道，为了金钱残害生命的恶性事件天天在发生，肯定还有媒体没有曝光的，可是光看报道了的就已经触目惊心。在这方面，民愤最大的是医疗腐败，比如假药、假医疗器械、恶性医疗事故，这种例子很多，许多是直接造成了死亡或严重伤害的后果。更大的问题是医药费飞涨，完全离谱，医院又只认钱，没有钱就见死不救，穷人尤其广大贫苦农民得了重病急病只能等死。

还有伪劣食品，食品当然也是关系到我们的生命的。最近有一本书叫《食品卫生调查》，你看了就不敢吃东西了。把那个死鸡拿来做熟食，怎么做呢？死鸡是发黑的，就把它泡在尿里面，泡几天后，黑的颜色褪掉了，再用清水泡几天，做成熟食卖出去。为了防止火腿变质，就把它泡在敌敌畏里头。像这种情况太多了，看上去挺好看，而且都是经过了食品检验的，消费者怎么知道底细。你们都看了报道了，前不久那个阜阳奶粉事件，导致很多婴儿死亡或发育不良。

最近曝光的是大量矿难，黑心矿主和腐败官员相勾结，没有起码的安全生产保障，用工人的生命换取不义之财。中国煤矿事故是没有一个国家能比的，新上任（2005—2008年）的国家安全生产监督管理总局局长李毅中说，2004年中国煤矿事故死亡人数6027人，占全世界矿难死亡人数的80%。中国还有其他的世界之最，比如说每年死于交通事故的人数，也是在全世界遥遥领先。什么事世界第一不好，偏偏都是这类死人的事。我们经济指标的排位在上升，人文指标的排位在落后，我认为值得深思。

当今社会上对生命的冷漠还表现在治安状况上，恶性犯罪很多。我看一份《新京报》，几乎每天都有凶杀事件的报道，有时一天不止一件，有好几件，看得我非常难受。这还只是在北京地区，全国就更多了。令人震惊的是往往为了很少的一点钱，或者很小的一个原因就把人杀死，杀人这样一个极端行为与导致这个行为的微小缘由之间惊人地不对称。有一天的报纸上登了两件事情，都发生在北京地区。一名男子有一个十岁的儿子，正在上小学，就因为孩子没有完成作业，父亲拿家中晾衣服的铁管等打孩子，打得孩子当时就死了。一名妇女有一个五岁的女儿，因为和小朋友有点纠纷，小朋友告到家里来，母亲用衣架把孩子打死了。前些日子还报道过一件事，在北京的公交车上，因为小小的口角，一个女售票员把一名十四岁的女孩掐住脖子殴打，女孩当场昏倒，女孩的父亲请求该车男司机把女孩送往医院，遭拒绝，最后女孩不治身亡。这类事情频频发生，我感到的是悲痛和绝望。

更令人担忧的是青少年恶性犯罪增多，包括在学校里，中学生、大学生杀人的事件也时有发生。前些年有马加爵杀害同学的事件，后又有北大一名男生杀害情敌的事件。与此相伴的一个现象是，中学生、大学生自杀的事件也多了。这些情形说明了一个共同的问题，就是对生命的冷漠和冷酷，而且冷漠的病菌已经在侵蚀年轻一代的心灵了。

我要在这里大声疾呼，这样严重的情况，我们不能再熟视无睹了。实际上，许多人已经感到担忧，觉得在这样一个环境里没有安全感，富人们、高官们纷纷把子女送出国，肯定也有这方面的考虑。但是我想，负责任的态度应该是想办法改变这种情况。怎么改变？当然这是一个综合的问题，包括制度改革、惩治腐败等等。在这个前提下，我认为教育也很重要，应该把生命教育作为公民教育的重要内容，从孩子开始，培育生命尊严的意识，一方面善待自己的生命，另一方面推己及人，善待一切生命。最近有一所学校开展生命教育，请我题词，我写了三句话，就是：热爱生命是幸福之本；同情生命是道德之本；敬畏生命是信仰之本。我确实觉得，人生中所有最重要的价值，包括幸福、道德、信仰，都是建立在尊重生命价值的基础之上的。我希望所有从事教育工作的人都能认识到这一点，都来重视生命教育。

六、尊重生命权利是法治社会的出发点

不过，话说回来，我很清楚，光靠教育是不行的，要使教育有效果，还必须配合其他方面的努力。我本人认为，真正要营造一个人们普遍尊重生命价值的环境，根本的解决途径是建设一个法治社会。

我们判断一个社会是好的社会还是坏的社会，用什么标准去判断呢？我觉得一个最起码的标准，其实也是最后的标准，就是看它是不是尊重生命的权利，是不是保护生命的权利。在一个好的社会里，每个人、绝大多数人的生命权利是有保障的，人人都有权利去争取自己的幸福，去实现自己生命的价值。什么样的社会是这样的好社会呢？就是法治社会。实际上，法治社会的出发点就是尊重生命权利，要寻求一种能够最大限度地保障生命权利的社会秩序。在西方历史上，为法治社会奠基的理论是英国古典自由主义。一般认为，英国古典自由主义的开创者是英国哲学家洛克，这个洛克在他的名著《政府论》（1690年）中就明确说，政治社会的目的是保护天赋权利，他举出了三项，就是生命、自由、财产。由此可见，生命是第一项天赋权利，是政治社会第一要保护的。

为了保护每个人的生命权利，社会应该是什么样的呢？古典自由主义提出了两条基本原理，一条叫个人自由，另一条叫法治。上面我提到过亚当·斯密，他也是西方自由主义哲学的奠基人之一，他是这样来论证这两条原理的，他从人性角度来进行分析。一方面，每个人都是一个生物个体，那么，作为生物，人有生命本能，都是趋利避害、趋乐避苦的。不管人怎么进化，他终归还是动物，具有

这样的本能，所以对这一点你不应该做道德的评判。同时，作为个体，每个人肯定对自己的苦乐有最直接、最强烈的感觉，对涉及自己的利害关系最关心。他打了一个比方，比如说，有一个人死了，你认识那个人，但关系不太密切，你知道了以后当然也会为他难过，但是，这种痛苦和你自己此刻正在遭受的牙痛比较起来，还没有你的牙痛来得强烈，对你的干扰更大。这恐怕是没有办法的，我记得鲁迅也说过，人的悲欢是不相通的。哪怕是你最亲近的人得了重病，你再说感同身受，病痛还是在他的身上，你的感受与真正的病痛还是隔了一层。所以，亚当·斯密就说，每个人对自己的关心要超过对任何别人的关心，同时也要超过任何别人对他的关心。这和道德无关，完全是一个生物学意义上的事实。那么，他由此得出一个结论，就是一种合理的社会秩序就应该是顺应这个事实，允许和鼓励每个人关心他自己，追求他自己的利益，这样效果是最好的。简单地说，就是应该允许和鼓励利己。这就是个人自由原则。可是，你要利己，别人也要利己，你追求你的利益，在追求的时候损害了别人的利益，不让别人利己，这样行不行呢？当然不行。所以就要有规则了，这个规则的核心就是你在利己的时候必须尊重别人同样的利己的权利，不可损人。这实际上就是法治原则，用我的话来概括，法治的实质就是：保护利己，惩罚损人。在一个法治社会里，利己是被允许的，是受到保护的，损人则是不被允许的，是要受惩罚的，简单地说就是这样，是一种规则下的自由。你想一想，一个社会如果对利己的行为也就是争取自己幸福的行为都加以保护，对损人的行为也就是侵犯别人利益的行为都加以禁止和惩罚，是不是就会形成一种合理的秩序，能够把所有人的积极性都调动起来？那么这样一个社会怎么会不稳定不繁荣呢？这样一个社会既是自由的，又是有秩序的，既富有生机，又井然有序，这样的社会就叫法治社会，或者也可以叫自由社会，其实两者是一回事。我们现在搞市场经济，就是要朝这个目标前进。从西方的经验来看，市场经济是建立法治社会的必由之路，法治社会又是市场经济的坚实基础，二者是相辅相成的。市场经济不是无序状态，它是一种法治秩序，我们现在的问题是，由于政府干预经济的权力过大，以及由此产生的腐败，一方面合理的利己仍受到压抑，另一方面损人的行为却没有得到有力的遏制，也就是说，自由和规则两方面都还比较弱，离秩序的形成还有相当的距离。

珍爱生命

生命平静地流逝，没有声响，没有浪花，甚至连波纹也看不见，无声无息。我多么厌恶这平坦的河床，它吸收了所有感觉。突然，遇到了阻碍，礁岩崛起，狂风大作，抛起万丈浪。我活着吗？是的，这时候我才觉得我活着。

生命害怕单调甚于害怕死亡，仅此就足以保证它不可战胜了。它为了逃避单调必须丰富自己，不在乎结局是否徒劳。

生命不同季节的体验都是值得珍惜的，它们是完整的人生体验的组成部分。一个人在任何年龄段都可以有人生的收获，岁月的流逝诚然令人悲伤，但更可悲的是自欺式的年龄错位。

事实上，绝大多数人的潜能有太多未被发现和运用。由于环境的逼迫、利益的驱使或自身的懒惰，人们往往过早地定型了，把偶然形成的一条窄缝当成了自己的生命之路，只让潜能中极小一部分从那里释放，绝大部分遭到了弃置。人们是怎样轻慢地亏待自己只有一次的生命啊。

不论电脑怎样升级，我只是用它来写作，它的许多功能均未被开发。我们的生命何尝不是如此？

享受生命

一

愈是自然的东西，就愈是属于生命的本质，愈能牵动我的至深的情感。例如，女人和孩子。

现代人享受的花样愈来愈多了。但是，我深信人世间最甜美的享受始终是那些最古老的享受。

二

最自然的事情是最神秘的，例如做爱和孕育。各民族的神话岂非都可以追溯到这个源头？

三

情欲是走向空灵的必由之路。本无情欲，只能空而不灵。

四

痛苦和欢乐是生命力的自我享受。最可悲的是生命力的乏弱，既无欢乐，也无痛苦。

有无爱的欲望，能否感受生的乐趣，归根到底是一个内在的生命力的问题。

五

健康是为了活得愉快，而不是为了活得长久。活得愉快在己，活得长久在天。

而且，活得长久本身未必是愉快。

六

夜里睡了一个好觉，早晨起来又遇到一个晴朗的日子，便会有一种格外轻松愉快的心情，好像自己变年轻了，而且会永远年轻下去。

七

光阴似箭，然而只是对于忙人才如此。日程表排得满满的，永远有做不完的事，这时便会觉得时间以逼人之势驱赶着自己，几乎没有喘息的工夫。

相反，倘若并不觉得有非做不可的事情，心静如止水，光阴也就停住了。永恒是一种从容的心境。

八

没有空玩，没有空看看天空和大地，没有空看看自己的灵魂……

我的回答是：永远没有空——随时都有空。

九

生命所需要的，无非空气、阳光、健康、营养、繁衍，千古如斯，古老而平凡。但是，骄傲的人啊，抛开你的虚荣心和野心吧，你就会知道，这些最简单的享受才是最醇美的。

闲适：享受生命本身

——

有钱又有闲当然幸运，倘不能，退而求其次，我宁做有闲的穷人，不做有钱的忙人。我爱闲适胜于爱金钱。金钱终究是身外之物，闲适却使我感到自己是生命的主人。

有人说："有钱可以买时间。"这话当然不错。但是，如果大前提是"时间就是金钱"，买得的时间又追加为获取更多金钱的资本，则一生劳碌永无终时。

所以，应当改变大前提：时间不仅是金钱，更是生命，而生命的价值是金钱无法衡量的。

二

只有一次的生命是人生最宝贵的财富，但许多人宁愿用它来换取那些次宝贵或不甚宝贵的财富，把全部生命耗费在学问、名声、权力或金钱的积聚上。他们临终时当如此悔叹："我只是使用了生命，而不曾享受生命！"

三

一个人可以凭聪明、勤劳和运气挣许多钱，如何花掉这些钱却要靠智慧了。

如何花钱比如何挣钱更能见出一个人的品位高下。

四

耶和华在西奈山向摩西传十诫，其第四诫是：星期天必须休息，守为圣日。他甚至下令，凡星期天工作者格杀勿论。有一个人在星期天捡柴，他便吩咐摩西，让信徒们用石头把这人砸死了。

未免太残忍了。

不过，我们不妨把这看作寓言，其寓意是：闲暇和休息也是神圣的。

闲暇是生命的自由空间。只是劳作，没有闲暇，人会丧失性灵，忘掉人生之根本。这岂不就是渎神？所以，对于一个人人匆忙赚钱的时代，摩西第四诫是一个必要的警告。

当然，工作同样是神圣的。无所作为的懒汉和没头没脑的工作狂乃是远离神圣的两极。创造之后的休息，如同创世后第七日的上帝那样，这时我们最像一个神。

五

自古以来，一切贤哲都主张过一种简朴的生活，以便不为物役，保持精神的自由。

事实上，一个人为维持生存和健康所需要的物品并不多，超乎此的属于奢侈品。它们固然提供享受，但更强求服务，反而成了一种奴役。

现代人是活得愈来愈复杂了，结果得到许多享受，却并不幸福，拥有许多方便，却并不自由。

让生命回归单纯

人来到世上，首先是一个生命。生命，原本是单纯的。可是，人活得越来越复杂了。许多时候，我们不是作为生命在活，而是作为欲望、野心、身份、称谓在活，不是为了生命在活，而是为了财富、权力、地位、名声在活。这些社会堆积物遮蔽了生命，我们把它们看得比生命更重要，为之耗费一生的精力，不去听也听不见生命本身的声音了。

人是自然之子，生命遵循自然之道。人类必须在自然的怀抱中生息，无论时代怎样变迁，春华秋实、生儿育女永远是生命的基本内核。你从喧闹的职场里出来，走在街上，看天际的云和树影，回到家里，坐下来和妻子儿女一起吃晚饭，这时候你重新成为一个生命。

在今天的时代，让生命回归单纯，不但是一种生活艺术，而且是一种精神修炼。耶稣说："除非你们改变，像小孩一样，你们绝不能成为天国的子民。"那些在名利场上折腾的人，他们既然听不见自己生命的声音，也就更听不见灵魂的声音了。

人不只有一个肉身生命，更有一个超越于肉身的内在生命，它被恰当地称作灵魂。外在生命来自自然，内在生命应该有更高的来源，不妨称之为神。二者的辩证关系是，只有外在生命状态单纯之时，内在生命才会向你开启，你活得越简单，你离神就越近。在一定意义上，人生觉悟就在于透过社会堆积物去发现你的自然的生命，又透过肉身生命去发现你的内在的生命，灵魂一旦敞亮，你的全部人生就有了明灯和方向。

简单生活

在五光十色的现代世界中，让我们记住一个古老的真理：活得简单才能活得自由。

一个专注于精神生活的人，物质上的需求必定是十分简单的。因为他有重要得多的事情要做，没有工夫关心物质方面的区区小事；他沉醉于精神王国的伟大享受，物质享受不再成为诱惑。

在一个人的生活中，精神需求相对于物质需求所占比例越大，他就离神越近。

智者的特点是：一方面，很少的物质就能使他满足；另一方面，再多的物质也不能使他满足。原因只在于，他的心思不在这里，真正能使他满足的是精神事物。

在生存需要能够基本满足之后，是物质欲望仍占上风，继续膨胀，还是精神欲望开始上升，渐成主导，一个人的素质由此可以判定。

人活世上，有时难免要有求于人和违心做事。但是，我相信，一个人只要肯约束自己的贪欲，满足于过比较简单的生活，就可以把这些减少到最低限度。远离这些麻烦的交际和成功，实在算不得什么损失，反而受益无穷。我们因此获得了好心情和好光阴，可以把它们奉献给自己真正喜欢的人、真正感兴趣的事，而首先是奉献给自己。对于一个满足于过简单生活的人，生命的疆域是更加宽阔的。

　　人生应该力求两个简单：物质生活的简单；人际关系的简单。有了这两个简单，心灵就拥有了广阔的空间和美好的宁静。

　　现代人却在两个方面都复杂，物质生活上是对财富的无穷追逐，人际关系上是利益的不尽纠葛，两者占满了生活的几乎全部空间，而人世间的大部分烦恼也是源自这两种复杂。

保持生命的本色

动物服从于自然，它对物质条件的需求，它与别的生命的竞争，都在自然需要的限度之内。人却不同，只有在人类之中，才有超出自然需要的贪婪和残酷。

如果说这是因为上天给了人超出动物的特殊能力，这个特殊能力岂不用错了地方？上天把人造就为万物之灵，岂不反而成了对人的惩罚？

事情当然不应该如此。由此可以得出一个结论：人应该把自己的特殊能力更多地用在精神领域，无愧于万物之灵的身份；而在物质领域应该向动物学习，满足于自然需要，保持自然之子的本色。倘若这样，人世间不知会减去多少罪恶和纷争。

贬低人的动物性也许是文化的偏见，动物状态也许是人所能达到的最单纯的状态。

你说，得活出个样儿来。我说，得活出个味儿来。名声、地位是衣裳，不妨弄件穿穿。可是，对人对己都不要以貌取人。衣裳换来换去，我还是我。脱尽衣裳，男人和女人更本色。

　　凡是出于自然需要而形成的人际关系，本来都应该是单纯的，之所以变得复杂，往往是权力、金钱等因素掺入其中甚至起了支配作用的结果。比如爱情，即使是最复杂的情形，诸如婚外恋、三角恋之类，只要当事人的感情是真实的，的确是立足于感情来处理相互的关系的，本质上就仍是单纯的。可是，现在官场上出现大量包养情妇、权色交易的现象，娱乐圈乃至大学里普遍存在的性索贿的"潜规则"，当然一点不单纯了。自然情感的领域遭到了如此严重的污染，这是今天最触目惊心的事实，更可悲的是，人们对此仿佛已经习以为常、视为合理了。

　　如果人人——或者多数人——都能保持生命的单纯，彼此也以单纯的生命相待，这会是一个多么美好的社会。

人生贵在行胸臆

一

读《袁中郎全集》，感到清风徐徐扑面，精神阵阵爽快。

明末的这位大才子一度做吴县县令，上任伊始，致书朋友们道："吴中得若令也，五湖有长，洞庭有君，酒有主人，茶有知己，生公说法石有长老。"开卷读到这等潇洒不俗之言，我再舍不得放下了，相信这个人必定还会说出许多妙语。

我的期望没有落空。

请看这一段："天下有大败兴事三，而破国亡家不与焉。山水朋友不相凑，一败兴也。朋友忙，相聚不久，二败兴也。游非其时，或花落山枯，三败兴也。"

真是非常飘逸。中郎一生最爱山水、最爱朋友，难怪他写得最好的是游记和书信。

不过，倘若你以为他只是个耽玩的倜傥书生，未免小看了他。《明史》记载，他在吴县任上"听断敏决，公庭鲜事"，遂整日"与士大夫谈说诗文，以风雅自命"，可见极其能干，游刃有余。但他是真风雅，天性耐不得官场俗务，终于辞职。后来几度起官，也都以谢病归告终。

在明末文坛上，中郎和他的两位兄弟是开一代新风的人物。他们的风格，用他评其弟小修的诗的话说，便是"独抒性灵，不拘格套，非从自己胸臆流出，不肯下笔"。其实，这话不但说出了中郎的文学主张，也说出了他的人生态度。他要依照自己的真性情生活，活出自己的本色来。他的潇洒绝非表面风流，而是他的内在性灵的自然流露。性者个性，灵者灵气，他实在是个极有个性极有灵气的人。

二

每个人一生中，都曾经有过一个依照真性情生活的时代，那便是童年。孩子是天真烂漫，不肯拘束自己的。他活着整个就是在享受生命，世俗的利害和规矩暂时还都不在他眼里。随着年龄增长，染世渐深，俗虑和束缚愈来愈多，原本纯真的孩子才被改造成了俗物。

那么，能否逃脱这个命运呢？很难，因为人的天性是脆弱的，环境的力量是巨大的。随着童年的消逝，倘若没有一种成年人的智慧及时来补救，几乎不可避免地会失掉童心。所谓大人先生者不失赤子之心，正说明智慧是童心的守护神。凡童心不灭的人，必定对人生有着相当的彻悟。

所谓彻悟，就是要把生死的道理想明白。名利场上那班人不但没有想明白，只怕连想也不肯想。袁中郎责问得好："天下皆知生死，然未有一人信生之必死者……趋名骛利，唯曰不足，头白面焦，如虑铜铁之不坚，信有死者，当如是耶？"名利的追求是无止境的，官做大了还想更大，钱赚多了还想更多。"未得则前涂为究竟，涂之前又有涂焉，可终究软？已得则即景为寄寓，寓之中无非寓焉，故终身驰逐而已矣。"在这终身的驰逐中，不再有工夫做自己真正感兴趣的事，接着连属于自己的真兴趣也没有了，那颗以享受生命为最大快乐的童心就这样丢失得无影无踪了。

事情是明摆着的：一个人如果真正想明白了生之必死的道理，他就不会如此看重和孜孜追逐那些到头来一场空的虚名浮利了。他会觉得，把有限的生命耗费在这些事情上，牺牲了对生命本身的享受，实在是很愚蠢的。人生有许多出于自然的享受，例如爱情、友谊、欣赏大自然、艺术创造等等，其快乐远非虚名浮利可比，而享受它们也并不需要太多的物质条件。在明白了这些道理以后，他就会和世俗的竞争拉开距离，借此为保存他的真性情赢得了适当的空间。而一个人只要依照真性情生活，就自然会努力去享受生命本身的种种快乐。用中郎的话说，这叫作："退得一步，即为稳实，多少受用。"

当然，一个人彻悟了生死的道理，也可能会走向消极悲观。不过，如果他是一个热爱生命的人，这一前途即可避免。他反而会获得一种认识：生命的密度要比生命的长度更值得追求。从终极的眼光看，寿命是无稽的，无论长寿短寿，死后都归于虚无。不只如此，即使用活着时的眼光做比较，寿命也无甚意义。中郎说："试令一老人与少年并立，问彼少年：尔所少之寿何在？觅之不得。问彼老人：尔所多之寿何在？觅之亦不得。少者本无，多者亦归于无，其无正等。"无论活多活少，谁都活在此刻，此刻之前的时间已经永远消逝，没有人能把它们抓在手中。所以，与其贪图活得长久，不如争取活得痛快。中郎引惠开的话说"人生不得行胸臆，纵年百岁犹为夭"，就是这个意思。

三

我们或许可以把袁中郎称作享乐主义者，不过他所提倡的乐，乃是合乎生命之自然的乐趣，体现生命之质量和浓度的快乐。在他看来，为了这样的享乐，付出什么代价都是值得的，甚至这代价也成了一种快乐。

有两段话，极能显出他的个性的光彩。

在一处他说"世人所难得者唯趣"，尤其是得之自然的趣。他举出童子的无往而非趣，山林之人的自在度日，愚不肖的率心而行，作为这种趣的例子。然后写道："自以为绝望于世，故举世非笑之不顾也，此又一趣也。"凭真性情生活是趣，因此遭到全世界的反对又是趣，从这趣中更见出了怎样真的性情！

另一处谈到人生真乐有五，原文太精彩，不忍割爱，照抄如下：

"目极世间之色，耳极世间之声，身极世间之鲜，口极世间之谭，一快活也。堂前列鼎，堂后度曲，宾客满席，男女交舄，烛气熏天，珠翠委地，皓魄入帐，花影流衣，二快活也。箧中藏万卷书，书皆珍异。宅畔置一馆，馆中约真正同心友十余人，人中立一识见极高，如司马迁、罗贯中、关汉卿者为主，分曹部署，各成一书，远文唐宋酸儒之陋，近完一代未竟之篇，三快活也。千金买一舟，舟中置鼓吹一部，妓妾数人，游闲数人，泛家浮宅，不知老之将至，四快活也。然人生受用至此，不及十年，家资田产荡尽矣。然后一身狼狈，朝不谋夕，托钵歌妓之院，分餐孤老之盘，往来乡亲，恬不知耻，五快活也。"

前四种快活，气象已属不凡，谁知他笔锋一转，说享尽人生快乐以后，一败涂地，沦为乞丐，又是一种快活！中郎文中多这类飞来之笔，出其不意，又顺理成章。世人常把善终视作幸福的标志，其实经不起推敲。若从人生终结看，善不善终都是死，都无幸福可言。若从人生过程看，一个人只要痛快淋漓地生活过，不管善不善终，都称得上幸福了。对一个洋溢着生命热情的人来说，幸福就在于最大限度地穷尽人生的各种可能性，其中也包括困境和逆境。极而言之，乐极生悲不足悲，最可悲的是从来不曾乐过，一辈子稳稳当当，也平平淡淡，那才是白活了一场。

中郎自己是个充满生命热情的人，他做什么事都兴致勃勃，好像不要命似的。爱山水，便说落雁峰"可直百死"。爱朋友，便叹"以友为性命"。他知道"世上希有事，未有不以死得者"，值得要死要活一番。读书读到会心处，便"灯影下读复叫，叫复读，僮仆睡者皆惊起"，真是忘乎所以。他爱女人，坦陈有"青娥之癖"。他甚至发起懒来也上瘾，名之"懒癖"。

关于癖，他说过一句极中肯的话："余观世上语言无味面目可憎之人，皆无癖之人耳。若真有所癖，将沉湎酣溺，性命死生以之，何暇及钱奴宦贾之事？"有癖之人，哪怕有的是怪癖恶癖，终归还保留着一种自己的真兴趣真热情，比起那班名利俗物来更是一个活人。当然，所谓癖是真正着迷，全心全意，死活不顾。譬如巴尔扎克小说里的于洛男爵，爱女色爱到财产名誉地位性命都可以不要，到头来穷困潦倒，却依然心满意足，这才配称好色；那些只揩油不肯做半点牺牲的偷香窃玉之辈是不够格的。

四

一面彻悟人生的实质，一面满怀生命的热情，两者的结合形成了袁中郎的人生观。他自己把这种人生观与儒家的谐世、道家的玩世、佛家的出世并列为四，称作适世。若加比较，儒家是完全入世，佛家是完全出世，中郎的适世似与道家的玩世相接近，都在入世出世之间。区别在于，玩世是入世者的出世法，怀着生命的忧患意识逍遥世外；适世是出世者的入世法，怀着大化的超脱心境享受人生。用中郎自己的话说，他是想学"凡间仙，世中佛，无律度的孔子"。

明末知识分子学佛参禅成风，中郎是不以为然的。他"自知魔重"，

"出则为湖魔，入则为诗魔，遇佳友则又为谈魔"，舍不得人生如许乐趣，绝不肯出世。况且人只要生命犹存，真正出世是不可能的。佛祖和达摩舍太子位出家，中郎认为是没有参透生死之理的表现。他批评道："当时便在家何妨，何必掉头不顾，为此偏枯不可训之事？似亦不圆之甚矣。"人活世上，如空中鸟迹，去留两可，无须拘泥区区行藏的所在。若说出家是为了离生死，你总还带着这个血肉之躯，仍是跳不出生死之网。若说已经看破生死，那就不必出家，在网中即可做自由跳跃。死是每种人生哲学不可回避的根本问题。中郎认为，儒道释三家，至少就其门徒的行为看，对死都不甚了悟。儒生"以立言为不死，是故著书垂训"，道士"以留形为不死，是故锻金炼气"，释子"以寂灭为不死，是故耽心禅观"，他们都企求某种方式的不死。而事实上，"茫茫众生，谁不有死，堕地之时，死案已立"，不死是不可能的。

那么，依中郎之见，如何才算了悟生死呢？说来也简单，就是要正视生之必死的事实，放下不死的幻想。他比较赞赏孔子的话："朝闻道，夕死可矣。"一个人只要明白了人生的道理，好好地活过一场，也就死而无憾了。既然死是必然的，何时死，缘何死，便完全不必在意。他曾患呕血之病，担心必死，便给自己讲了这么一个故事：有人在家里藏一笔钱，怕贼偷走，整日提心吊胆，频频查看。有一天携带着远行，回来发现，钱已不知丢失在途中何处了。自己总担心死于呕血，而其实迟早要生个什么病死去，岂不和此人一样可笑？这么一想，就宽心了。

总之，依照自己的真性情痛快地活，又抱着宿命的态度坦然地死，这大约便是中郎的生死观。

未免太简单了一些！然而，还能怎么样呢？我自己不是一直试图对死进行深入思考，而结论也仅是除了平静接受，别无更好的法子？许多文人，对于人生问题做过无穷的探讨，研究过各种复杂的理论，在兜了偌大圈子以后，往往回到一些十分平易的道理上。对于这些道理，许多文化不高的村民野夫早已了然于胸。不过，倘真能这样，也许就对了。罗近溪说："圣人者，常人而肯安心者也。"中郎赞"此语抉圣学之髓"，实不为过誉。我们都是有生有死的常人，倘若我们肯安心做这样的常人，顺乎天性之自然，坦然于生死，我们也就算得上是圣人了。只怕这个境界并不容易达到呢。

寻求智慧的人生

在现代哲学家中，罗素是个精神出奇地健全平衡的人。他是逻辑经验主义的开山鼻祖，却不像别的分析哲学家那样偏于学术的一隅，活得枯燥乏味。他喜欢沉思人生问题，却又不像存在哲学家那样陷于绝望的深渊，活得痛苦不堪。他的一生足以令人羡慕，可说应有尽有：一流的学问、卓越的社会活动和声誉、丰富的爱情经历，最后再加上长寿。命运居然选中这位现代逻辑宗师充当西方"性革命"的首席辩护人，让他在大英帝国的保守法庭上经受了一番戏剧性的折磨，也算是一奇。科学理性与情欲冲动在他身上并行不悖，以至于我的一位专门研究罗素的朋友揶揄地说：罗素精彩的哲学思想一定是在他五个情人的怀里孕育的。

二十世纪后半叶以来，西方大哲内心多半充斥一种紧张的危机感，这原是时代危机的反映。

罗素对这类哲人不抱好感，例如，对尼采、弗洛伊德均有微词。一个哲学家在病态的时代居然能保持心理平衡，我就不免要怀疑他的真诚。不过，罗素也许是个例外。罗素对于时代的病患并不麻木，他知道现代西方人最大的病痛来自基督教信仰的崩溃，使终有一死的生命失去了根基。在无神的荒原上，现代神学家们凭吊着也呼唤着上帝的亡灵，存在哲学家们诅咒着也讴歌着人生的荒诞。但罗素一面坚定地宣告他不信上帝，一面并不因此堕入病态的悲观或亢奋。他相信人生一切美好的东西不会因为其短暂性而失去价值。对于死亡，他"以一种坚忍的观点，从容而又冷静地去思考它。而不要有意地去缩小它的重要性，相反地对于能超越它应感到一种骄傲"。罗素极其珍视爱在人生中的价值。他所说的爱，不是柏拉图式的抽象的爱，而是"以动物的活力与本能为基础"的爱，尤其是性爱。不过，他主张爱要受理性调节。他的信念归纳在这句话里："高尚的生活是受爱激励并由知识导引的生活。"爱与知识，本能与理智，二者不可或缺。有时他说，与所爱者相处靠本能，与所恨者相处靠理智。也许我们可以引申一句：对待欢乐靠本能，对待不幸靠理智。在性爱的问题上，罗素是现代西方最早提倡性自由的思想家之一，不过浅薄者对他的观点颇多误解。他固然主张婚姻、爱情、性三者可以相对分开，但是他对三者的评价是有高低之分的。在他看来，第一，爱情高于单纯的性行为，没有爱的性行为是没有价值的；第二，"经历了多年考验，而且又有许多深切感受的伴侣生活"高于一时的迷恋和钟情，因为它包含着后者所不具有的丰富内容。我们在理论上可以假定每一个正常的异性都是性行为的可能对象，但事实上必有选择。我们在理论上可以假定每一个中意的异性都是爱情的可能对象，但事实上必有舍弃。热烈而持久的情侣之间有无数珍贵的共同记忆，使他们不肯轻易为了新的爱情冒险而将它们损害。

几乎所有现代大哲都是现代文明的批判者，在这一点上罗素倒不是例外。他崇尚科学，但并不迷信科学。爱与科学，爱是第一位的。科学离开爱的目标，便只会使人盲目追求物质财富的增值。罗素说，在现代世界中，爱的最危险的敌人是工作即美德的信念、急于在工作和财产上取得成功的贪欲。这种过分膨胀的"事业心"耗尽了人的活动力量，使现代城市居民的娱乐方式趋于消极的和团体的。像历来一切贤哲一样，他强调闲暇对于人生的重要性，为此他主张开展一场引导青年无所事事的运动，鼓励人们欣赏非实用的知识，如艺术、历史、英雄传记、哲学等的美味。他相信，从"无用的"知识与无私的爱的结合中便能生出智慧。确实，在匆忙的现代生活的急流冲击下，能够恬然沉思和温柔爱人的心灵愈来愈稀少了。如果说尼采式的敏感哲人曾对此发出振聋发聩的痛苦呼叫，那么，罗素，作为这时代一个心理健康的哲人，我们从他口中听到了语重心长的明智规劝。但愿这些声音能启发今日性灵犹存的青年去寻求一种智慧的人生。

永远未完成

失去的岁月

一

上大学时，常常我在灯下聚精会神读书，灯突然灭了。这是全宿舍同学针对我一致做出的决议：遵守校规，按时熄灯。我多么恨那只拉开关的手，咔嚓一声，又从我的生命线上割走了一天。怔怔地坐在黑暗里，凝望着月色朦胧的窗外，我委屈得泪眼汪汪。

年龄愈大，光阴流逝愈快，但我好像愈麻木了。一天又一天，日子无声无息地消失，就像水滴消失于大海。蓦然回首，我在世上活了一万多个昼夜，它们都已经不知去向。

"子在川上曰：逝者如斯夫，不舍昼夜。"光阴是这样一条河，可以让我们伫立其上，河水从身边流过，而我怎可依然故我？时间不是某种从我身边流过的东西，而就是我的生命。弃我而去的不是日历上的一个个日子，而是我生命中的岁月；甚至也不仅仅是我的岁月，而就是我自己。我不但找不回逝去的年华，而且也找不回从前的我了。

当我回想很久以前的我，譬如说，回想大学宿舍里那个泪汪汪的我的时候，在我眼前出现的总是一个孤儿的影子，他被无情地遗弃在过去的岁月里了。他孑然一身，举目无亲，徒劳地盼望回到活人的世界，事实上却不可阻挡地被过去的岁月带往更远的远方。我伸出手去，但是无法触及他并把他领回。我大声呼唤，但是我的声音到达不了他的耳中。我不得不承认这是一种死亡，从前的我已经成为一个死者，我对他的怀念与对一个死者的怀念有着相同的性质。

二

自古以来，不知多少人问过：时间是什么？它在哪里？人们在时间中追问和苦思，得不到回答，又被时间永远地带走了。

时间在哪里？被时间带走的人在哪里？

为了度量时间，我们的祖先发明了日历，于是人类有历史，个人有年龄。年龄代表一个人从出生到现在所拥有的时间。真的拥有吗？它们在哪里？

总是这样：因为失去童年，我们才知道自己长大；因为失去岁月，我们才知道自己活着；因为失去，我们才知道时间。

我们把已经失去的称作过去，尚未得到的称作未来，停留在手上的称作现在。但时间何尝停留，现在转瞬成为过去，我们究竟有什么？

多少个深夜，我守在灯下，不甘心一天就此结束。然而，即使我通宵不眠，一天还是结束了。我们没有任何办法能留住时间。

我们永远不能占有时间，时间却掌握着我们的命运。在它宽大无边的手掌里，我们短暂的一生同时呈现，无所谓过去、现在、未来，我们的生和死、幸福和灾祸早已记录在案。

可是，既然过去不复存在，现在稍纵即逝，未来尚不存在，世上真有时间吗？这个操世间一切生灵生杀之权的隐身者究竟是谁？

我想象自己是草地上的一座雕像，目睹一代又一代孩子嬉闹着从远处走来，渐渐长大，在我身旁谈情说爱，寻欢作乐，又慢慢衰老，蹒跚着向远处走去。我在他们中间认出了我自己的身影，他走着和大家一样的路程。我焦急地朝他瞪眼，示意他停下来，但他毫不理会。现在他已经越过我，继续向前走去了。我悲哀地看着他无可挽救地走向衰老和死亡。

三

许多年以后，我回到我出生的那个城市，一位小学时的老同学陪伴我穿越面貌依旧的老街。他突然指着坐在街沿屋门口的一个丑女人悄悄告诉我，她就是我们的同班同学某某。我赶紧转过脸去，不敢相信我昔日心目中的偶像竟是这般模样。我的心中保存着许多美丽的面影，然而一旦邂逅重逢，没有不立即破灭的。

我们总是觉得儿时尝过的某样点心最香甜，儿时听过的某支曲子最美妙，儿时见过的某片风景最秀丽。"幸福的岁月是那失去的岁月。"你可以找回那点心、曲子、风景，可是找不回岁月。所以，同一样点心不再那么香甜，同一支曲子不再那么美妙，同一片风景不再那么秀丽。

当我坐在电影院里看电影时，我明明知道，人类的彩色摄影技术已经有了非凡的长进，但我还是找不回像幼时看的幻灯片那么鲜亮的色彩了。失去的岁月便如同那些幻灯片一样，在记忆中闪烁着永远不可企及的幸福的光华。

每次回母校，我都要久久徘徊在我过去住的那间宿舍的窗外。窗前仍是那株木槿，隔了这么些年居然既没有死去，也没有长大。我很想进屋去，看看从前那个我是否还在那里。从那时到现在，我到过许多地方，有过许多遭遇，可是这一切会不会是幻觉呢？也许，我仍然是那个我，只不过走了一会儿神？也许，根本没有时间，只有许多个我同时存在，说不定会在哪里突然相遇？但我终于没有进屋，因为我知道我的宿舍已被陌生人占据，他们会把我看作入侵者，尽管在我眼中，他们才是我的神圣的青春岁月的入侵者。

在回忆的引导下，我们寻访旧友，重游故地，企图找回当年的感觉，然而徒劳。我们终于怅然发现，与时光一起消逝的不仅是我们的童年和青春，而且是由当年的人、树木、房屋、街道、天空组成的一个完整的世界，其中也包括我们当年的爱和忧愁、感觉和心情、我们当年的整个心灵世界。

四

可是，我仍然不相信时间带走了一切。逝去的年华，我们最珍贵的童年和青春岁月，我们必定以某种方式把它们保存在一个安全的地方了。我们遗忘了藏宝的地点，但必定有这么一个地方，否则我们不会这样苦苦地追寻。或者说，有一间心灵的密室，其中藏着我们过去的全部珍宝，只是我们竭尽全力也回想不起开锁的密码了。然而，可能会有一次纯属偶然，我们漫不经心地碰对了这密码，于是密室开启，我们重新置身于从前的岁月。

当普鲁斯特的主人公口含一块泡过茶水的小玛德莱娜点心，突然感觉到一种奇特的快感和震颤的时候，便是碰对了密码。一种当下的感觉，也许是一种滋味、一阵气息、一个旋律、石板上的一片阳光，与早已遗忘的那个感觉巧合，因而混合进了和这感觉联结在一起的昔日的心境，于是昔日的生活情景便从这心境中涌现出来。

其实，每个人的生活中都不乏这种普鲁斯特式幸福的机缘，在此机缘触发下，我们会产生一种对某样东西似曾相识又若有所失的感觉。但是，很少有人像普鲁斯特那样抓住这种机缘，促使韶光重现。我们总是生活在眼前，忙碌着外在的事务。我们的日子是断裂的，缺乏内在的连续性。逝去的岁月如同一张张未经显影的底片，杂乱堆积在暗室里。它们仍在那里，但和我们永远失去了它们又有什么区别？

五

诗人之为诗人，就在于他对时光的流逝比一般人更加敏感，诗便是他为逃脱这流逝自筑的避难所。摆脱时间有三种方式：活在回忆中，把过去永恒化；活在当下的激情中，把现在永恒化；活在期待中，把未来永恒化。然而，想象中的永恒并不能阻止事实上的时光流逝。所以，回忆是忧伤的，期待是迷惘的，当下的激情混合着狂喜和绝望。难怪一个最乐观的诗人也如此喊道：

"时针指示着瞬息，但什么能指示永恒呢？"

诗人承担着悲壮的使命：把瞬间变成永恒，在时间之中摆脱时间。

谁能生活在时间之外，真正拥有永恒呢？

孩子和上帝。

孩子不在乎时光流逝。在孩子眼里，岁月是无穷无尽的。童年之所以令人怀念，是因为我们在童年一度拥有永恒。可是，孩子会长大，我们终将失去童年。我们的童年是在我们明白自己必将死去的那一天结束的。自从失去了童年，我们也就失去了永恒。

从那以后，我所知道的唯一的永恒便是我死后时间的无限绵延，我的永恒的不存在。

还有上帝呢？我多么愿意和圣奥古斯丁一起歌颂上帝："你的岁月无往无来，永是现在，我们的昨天和明天都在你的今天之中过去和到来。"我多么希望世上真有一面永恒的镜子，其中映照着被时间劫走的我的一切珍宝，包括我的生命。可是，我知道，上帝也只是诗人的一个避难所！

在很小的时候，我就自己偷偷写起了日记。一开始的日记极幼稚，只是写些今天吃了什么好东西之类。我仿佛本能地意识到那好滋味容易消逝，于是想用文字把它留住。年岁渐大，我用文字留住了许多好滋味：爱，友谊，孤独，欢乐，痛苦……在青年时代的一次劫难中，我烧掉了全部日记。后来我才知道此举的严重性，为我的过去岁月的真正死亡痛哭不止。但是，写作的习惯延续下来了。我不断把自己最好的部分转移到我的文字中去，到最后，罗马不在罗马了，我借此逃脱了时光的流逝。

仍是想象中的？可是，一个已经失去童年而又不相信上帝的人，此外还能怎样呢？

永远未完成

一

　　高鹗续《红楼梦》，金圣叹腰斩《水浒》，其功过是非，累世迄无定论。我们只知道一点：中国最伟大的两部古典小说处在永远未完成之中，没有一个版本有权自命是唯一符合作者原意的定本。

　　舒伯特最著名的交响曲只有两个乐章，而非如同一般交响曲那样有三至四个乐章，遂被后人命名为《未完成交响曲》。好事者一再试图续写，终告失败，从而不得不承认：它的"未完成"也许比任何"完成"更接近完美的形态。

　　卡夫卡的主要作品在他生前均未完成和发表，他甚至在遗嘱中吩咐把它们全部焚毁。然而，正是这些他自己不满意的未完成之作，死后一经发表，便奠定了他在世界文学史上的巨人地位。

凡大作家，哪个不是在死后留下了许多未完成的手稿？即使生前完成的作品，他们何尝不是常怀一种未完成的感觉，总觉得未尽人意，有待完善？每一个真正的作家都有一个梦：写出自己最好的作品。可是，每写完一部作品，他又会觉得那似乎即将写出的最好的作品仍未写出。也许，直到生命终结，他还在为未能写出自己最好的作品而抱憾。然而，正是这种永远未完成的心态驱使着他不断超越自己，取得了那些自满之辈所不可企及的成就。在这个意义上，每一个真正的作家一辈子只是在写一部作品，他的生命之作。只要他在世一日，这部作品就不会完成。

　　而且，一切伟大的作品在本质上是永远未完成的，它们的诞生仅是它们生命的开始，在今后漫长的岁月中，它们仍在世世代代读者心中和在文化史上继续生长，不断被重新解释，成为人类永久的精神财富。

　　相反，那些平庸作家的趋时之作，不管如何畅销一时，绝无持久的生命力。而且我可以断言，不必说死后，就在他们活着时，你去翻检这类作家的抽屉，也肯定找不到积压的未完成稿。不过，他们也谈不上完成了什么，而只是在制作和销售罢了。

二

　　无论在文学作品中，还是在现实生活中，最动人心魄的爱情似乎都没有圆满的结局。由于社会的干涉、天降的灾祸、机遇的错位等外在困境，或由于内心的冲突、性格的悲剧、致命的误会等内在困境，有情人终难成为眷属。然而，也许正因为未完成，我们便在心中用永久的怀念为它们罩上了一层圣洁的光辉。终成眷属的爱情则不免黯然失色，甚至因终成眷属而寿终正寝。

这么说来，爱情也是因未完成而成其完美的。

其实，一切真正的爱情都是未完成的。不过，对于这"未完成"，不能只从悲剧的意义上做狭隘的理解。真正的爱情是两颗心灵之间不断互相追求和吸引的过程，这个过程不应该因为结婚而终结。以婚姻为爱情的完成，这是一个有害的观念，在此观念支配下，结婚者自以为大功告成，已经获得了对方，不需要继续追求了。可是，求爱求爱，爱即寓于追求之中，一旦停止追求，爱必随之消亡。相反，好的婚姻应当使爱情始终保持未完成的态势。也就是说，相爱双方之间始终保持着必要的距离和张力，各方都把对方看作独立的个人，因而是一个永远需要重新追求的对象，绝不可能一劳永逸地加以占有。在此态势中，彼此才能不断重新发现和欣赏，而非互相束缚和厌倦，爱情才能获得继续生长的空间。

当然，再好的婚姻也不能担保既有的爱情永存，杜绝新的爱情发生的可能性。不过，这没有什么不好。世上没有也不该有命定的姻缘。人生魅力的前提之一恰恰是，新的爱情的可能性始终向你敞开着，哪怕你并不去实现它们。如果爱情的天空注定不再有新的云朵飘过，异性世界对你不再有任何新的诱惑，人生岂不太乏味了？靠闭关自守而得维持其专一长久的爱情未免可怜，唯有历尽诱惑而不渝的爱情才富有生机，真正值得自豪。

三

弗罗斯特在一首著名的诗中叹息：林中路分为两股，走上其中一条，把另一条留给下次，可是再也没有下次了。因为走上的这一条路又会分股，如此至于无穷，不复有可能回头来走那条未定的路了。

这的确是人生境况的真实写照。每个人的一生都包含着许多不同的可能性，而最终得到实现的仅是其中极小的一部分，绝大多数可能性被舍弃了，似乎浪费掉了。这不能不使我们感到遗憾。

但是，真的浪费掉了吗？如果人生没有众多的可能性，人生之路沿着唯一命定的轨迹伸展，我们就不遗憾了吗？不，那样我们会更受不了。正因为人生的种种可能性始终处于敞开的状态，我们才会感觉到自己是命运的主人，从而踌躇满志地走自己正在走着的人生之路。绝大多数可能性尽管未被实现，却是现实人生不可缺少的组成部分，正是它们给那极少数我们实现了的可能性罩上了一层自由选择的光彩。这就好像尽管我们未能走遍树林里纵横交错的无数条小路，然而，由于它们的存在，我们即使走在其中一条上，也仍能感受到曲径通幽的微妙境界。

回首往事，多少事想做而未做。瞻望前程，还有多少事准备做。未完成是人生的常态，也是一种积极的心态。如果一个人感觉到活在世上已经无事可做，他的人生恐怕就要打上句号了。当然，如果一个人在未完成的心态中和死亡照面，他又会感到突兀和委屈，乃至于死不瞑目。但是，只要我们认识到人生中的事情是永远做不完的，无论死亡何时到来，人生永远未完成，那么，我们就会在生命的任何阶段与死亡达成和解，在积极进取的同时也保持着超脱的心境。

生病与觉悟

一个人突然病了，不一定要是那种很快就死的绝症，但也不是无关痛痒的小病，他发现自己患的是一种像定时炸弹一样威胁着生命的病，例如心脏病、肝硬化之类，在那种情形下，他眼中的世界也会发生很大的变化。他会突然意识到，这个他如此习以为常的世界其实并不属于他，他随时都会失去这个世界。他一下子看清了他在这个世界上的可能性原来非常有限，这使他感到痛苦，同时也使他感到冷静。这时候，他就比较容易分清哪些事情是他无须关注、无须参与的，即使以前他对这些事情非常热衷和在乎。如果他仍然是一个热爱生命的人，那么，他并不会因此而自暴自弃，相反就会知道自己在世上还该做些什么事了，这些事对于他是真正重要的，而在以前未生病时很可能是被忽略了的。一个人在健康时，他在世界上的可能性似乎是无限的，那时候他往往眼花缭乱，主次不分。

疾病限制了他的可能性，从而恢复了他的基本的判断力。

可是，我们每个人岂不都是患着一种必死但不会很快就死的病吗？生命本身岂不就是这种病吗？柏拉图曾经认为，如果不考虑由意外事故造成的非正常死亡，每个人的寿命在出生时就已确定，而这意味着那种最终导致他死亡的疾病一开始即潜在于他的体内，将伴随着他的生命一起生长，不可能用药物把它征服。我觉得，这个看法有其可信之处。当然，寿命是否有定数，大约是永远无法证实的。然而，无论谁最后都必定死于某一种病或某几种病的并发症，这是不争的事实。所以，我们不妨时常用一种这样的病人的眼光看一看世界，想一想倘若来日不多，自己在这世界上最想做成的事情是哪些，这将使我们更加善于看清自己的志业所在。人们嘲笑那些未病时不爱惜健康、生了病才后悔的人不明智，这固然不错。不过，我相信，比明智更重要的是上述那样一种觉悟，因为说到底，无论我们怎样爱惜健康，也不可能永久保住它，而健康的全部价值便是使我们得以愉快地享受人生，其最主要的享受方式就是做我们真正喜欢做的事。

五十自嘲

有一件事，我一直羞于启口，但我现在要把它明明白白说出来——

今年我五十岁了。

也许有人会说：这算什么秘密，我们早已从你好几本书的作者小传上推算出来了。

不错，但是从我自己口中说出来就不一样。我一直心存侥幸：未必许多人注意到了我的小传。反正我希望知道我的年龄的人愈少愈好，人们把我的年龄估得愈低愈好。我自以为内心和外表都还年轻，就希望别人真把我看成年轻，反倒觉得真实年龄于我成了一种歪曲。

对于五十岁我真是充满委屈。五十岁，怎么就五十岁了？年轻时看五十岁的人，不折不扣是"半百老人"，那么现在的年轻人也会这么看我。可是我还没有年轻够，怎么就老了？

据说在一些读者的心目中，我是一个对人生看得很透也活得很明白的哲人，现在他们该知道了，其实满不是这么回事。一个人对自己的年龄尚且遮遮掩掩，如此不成熟，哪里谈得上哲人胸怀。也许正是为了给我这种极幼稚可笑的虚荣心下一帖重药，我便大张旗鼓地当众报出了这个如同我的心病的五十岁。一言既出，有耳共闻，从此我没了吞吞吐吐的余地，或许就可以坦然面对渐入老龄的无情事实了。

好了，我不再讳言年龄，因此而更有权说一说我的真实感觉了。我确实觉得自己不像是一个到了五十岁的人，对此我可以提出一些有力的证据。

五十岁的人大抵功成名就，在社会则为栋梁，在学界则为师长，肩负着指点江山、教诲青年的庄严使命。可是，我毫没有这种使命感。不必说我不具备治国经邦的能力，即使像当今精英们那样呼朋引类，聚而研讨事关文化存亡的重大课题，我也仅安于旁听，并无为天下立言立法的雄心。我的所学所思太不实际，没有可操作性，造不成什么势。所以我也不想当老师，因为我无以教学生。迄今为止我确实不曾招过一个学生，听人叫我老师是我始终感到很尴尬很不习惯的事情。

那么，五十岁的人总该久已成家立业，有一个稳定的生活了吧？可是，在这个别人早就当父亲有人还当了爷爷的年龄，我依旧膝下无儿，孑然一身。关于爱情、婚姻、家庭我说过许多貌似聪明的话，到头来自己却走不出困惑。历数平生的坎坷，也算是一个饱经风霜的人了，但并未因此变得心如磐石，风雨不入。毋宁说，我心中仍有太多的幻想，看不破一个情字，有意无意仍在追求一种完美，而且至今执迷不悟。

按照某些东西方贤哲的先例，五十岁或不到五十岁就该是收拾行装准备告别人生的时候了。基于对生死大限的思考，我也早想着要把佛教留作晚年的一种精神寄托，但至少现在还觉得为时过早。我愿意在某种意义上归隐，远离喧闹的人世，可是我决不愿意远离可爱的人生。不过，我也不像眼下许多五十岁的人那样讲究养生之道。我抽烟喝酒，不吃素，不练气功。我承认我经常跑步和游泳，但那主要不是为了长寿，而是为了当下的身心愉快。

总而言之，在我身上全然找不到五十岁的品德，不威严也不稳健，不世故也不恬淡，对这个年龄实在当之有愧。孔子"五十而知天命"，我却连四十的"不惑"、三十的"立"也做不到。硬要攀比，最多可以说沾点"志于学"的边，到如今脑里还在不断编织各种学习梦，买进也许永远不读的书，制订也许永远完不成的读书计划。然而，他老人家是十五而"志于学"，对比之下，我发现我枉活了大半辈子，在起点上就停住了。

不过，我并不气馁。我这么想："知天命"固然是一种境界，"志于学"也是一种境界，其实两者并无高低之分。五十而志于学，不失童心，活得年轻，又有什么不好？这样一想，我就不但能坦然面对我的年龄，而且能坦然面对好像有负于这个年龄的我自己了。

生命中的无奈

这是妞妞六周年的忌日，天色阴郁，我打电话问候雨儿。她说，她记得六年前的今天是晴天。她还说，妞妞现在该在上小学了。她只能说这些，也许她自己也不知道她多么无奈。这些天，我曾经回到我们共同养育妞妞的屋子，那里已经面目全非，只在一个被遗忘的顶柜里塞满了妞妞的玩具，仍是当年我存放的原样，我一件件取出和摩挲，仿佛能够感觉到妞妞小手的余温。无须太久，妞妞生活过的痕迹将在这间屋子里消失殆尽，而即使我们能够把这间屋子布置成永久的博物馆，我们也仍然不能从中找到往事的意义。

在把《妞妞》一书交付出版以后，我自以为完成了一个告别——与妞妞告别，与雨儿告别，与我生命中一段心碎的日子告别。我不去读这本书。对我来说，它不是一本书，而是一座坟，我垒筑它是为了离开它，从那里出发走向新的生活。然而，我未尝想到，在读者眼里，它仍然是一本书。我无法阻挡它常常出现在畅销书的排行榜上，无法阻挡涌向书摊书店的大量盗印本，无法阻挡报刊上许多令人感动的评论。那么，也许我不应该把如此私密的经历公之于众，使之成为又一个社会故事？或者相反，正因为它不只是一个私人事件，还蕴含着人类精神的某种相同境遇，我便应该和读者一起继续勇敢地面对它？

可是我知道，问题并不在于是否勇敢。我相信我有足够的勇气面对生活中已经发生的一切，我甚至敢于深入悲剧的核心，在纯粹的荒谬之中停留，但我的生活并不会因此出现奇迹般的变化。人们常常期望一个经历了重大苦难的人生活得与众不同，人们认为他应该比别人有更积极或者更超脱的人生境界。然而，实际上，只要我活下去，我就仍旧只能是芸芸众生中的一员，我依然会被卷入世俗生活的旋涡。譬如说，许多读者对于我和雨儿最终离异感到震惊和不解，他们希望得到一个比一般离异事件远为崇高的解释。事实却是我和雨儿与别人没有什么不同，苦难和觉悟都不能使我们免除人性的弱点。即使我们没有离异，我们仍会过着与别人一样的普通的日子。生命中那些最深刻的体验必定也是最无奈的，它们缺乏世俗的对应物，因而不可避免地会被日常生活的潮流淹没。当然，淹没并不等于不存在了，它们仍然存在于日常生活所触及不到的深处，成为每一个人既无法面对也无法逃避的心灵暗流。

我的确相信，每一个人的心灵中都有这样的暗流，无论你怎样逃避，它们都依然存在，无论你怎样面对，它们都不会浮现到生活的表面上来。当生活中的小挫折彼此争夺意义之时，大苦难永远藏在找不到意义的沉默的深渊里。认识到生命中的这种无奈，我看自己、看别人的眼光便宽容多了，不会再被喧闹的表面现象所迷惑。在评论《妞妞》的文章中，有一位作者告诉我，陪着我的寂寞坐着的，还有很多寂寞；另一位作者告诉我，真正的痛点无从超越，没有意义能够引渡我们。我感谢这两位有慧心的作者。我想，《妞妞》一书之所以引人心动，原因一定就在这人人都摆脱不了的无奈。

空地

不要试图去填满生命的空白，

因为，音乐就来自那空白深处。

——泰戈尔

人生难免无聊。无聊是意义的空白。然而，如果没有这空白，我们又怎么会记起我们对意义的渴望呢？当情人不在场的时候，对情人的思念便布满了爱情的空间。

我们的生命是短暂的，但这短暂的生命也是过于拥挤了。我们的日程表排得满满的。我们把太多的光阴抛洒在繁忙的工场里和喧闹的市场上，太热心于做事和交际。突然，这里有了一块空地。我们无事可做，无人做伴，只好在这空地上徘徊。我们看见脚下有青草破土而出，感觉到心中有一种情绪也像青草一样滋生。在屋顶覆盖和行人密集的地方，是不会有青草生长的。那么，这岂不证明，当我们怅然徘徊的时候，我们是领受了更为充足的阳光和空气？

所以，人生也难得无聊。

应一位朋友之约，我写了几篇论无聊的文章。如果我的论说给人留下一种沉重的印象，那绝非我的本意。我恰好在我生命中一个极其沉重的时刻写这些文章，使得我的笔也显沉重了。再说，认真论无聊，这本身近于无聊。也许，论说无聊的最好方式是，三五好友，平时各自认真做事，做得十分顺利，告了一个段落，带着心满意足但又暂时没了着落的一种心情，非常偶然地聚到一起闲扯起来。这时节，个个说话都才气横溢，妙语迭出，可是句句话又似乎都无的放矢，不着边际。若有有心人偷加记录，敷衍成篇，庶几是一篇传无聊之神韵的佳作。可惜的是，好友星散，各自做事似又不太顺利，这样的机会也不易得了。

于是我又想，人生还是无聊的时候居多。空地似乎望不到边，使人无心流连，只思走出。走啊走，纵然走不出无聊，走本身却不无聊，留下了一串深沉的脚印。

等的滋味

人生有许多时光是在等中度过的。有千百种等，等有千百种滋味。等的滋味，最是一言难尽。

不过，我不喜欢一切等。无论所等的是好事、坏事、好坏未卜之事、不好不坏之事，等总是无可奈何的。等的时候，一颗心悬着，这滋味不好受。

就算等的是幸福吧，等本身却说不上幸福。想象中的幸福愈诱人，等的时光愈难挨。例如，"月上柳梢头，人约黄昏后"自是一件美事，可是，性急的情人大约都像《西厢记》里那一对，"自从那日初时，想月华，挨一刻，似一夏"，只恨柳梢日轮下得迟，月影上得慢。第一次幽会，张生等莺莺，忽而倚门翘望，忽而卧床哀叹，心中无端猜度佳人来也不来，一会儿怨，一会儿谅，那副神不守舍的模样委实惨不忍睹。我相信莺莺就不至于这么惨。幽会前等的一方要比赴的一方更受煎熬，就像惜别后留的一方要比走的一方更觉凄凉一样。那赴的走的多少是主动的，这等的留的却完全是被动的。赴的未到，等的人面对的是静止的时间；走的去了，留的人面对的是空虚的空间。等的可怕，在于等的人对于所等的事完全不能支配，对于其他的事又完全没有心思，因而被迫处在无所事事的状态。有所期待使人兴奋，无所事事又使人无聊，等便是混合了兴奋和无聊的一种心境。随着等的时间延长，兴奋转成疲劳，无聊的心境就会占据优势。如果佳人始终不来，才子只要不是愁得竟吊死在那棵柳树上，恐怕就只有在月下伸懒腰打呵欠的份了。

人等好事嫌姗姗来迟，等坏事同样也缺乏耐心。没有谁愿意等坏事，坏事而要等，是因为在劫难逃，实出于不得已。不过，既然在劫难逃，一般人的心理便是宁肯早点了结，不愿无谓拖延。假如我们所爱的一位亲人患了必死之症，我们当然惧怕那结局的到来。可是，再大的恐惧也不能消除久等的无聊。在《战争与和平》中，娜塔莎一边守护着弥留之际的安德列，一边在编一只袜子。她爱安德列胜于世上的一切，但她仍然不能除了等心上人死之外什么事也不做。一个人在等自己的死时会不会无聊呢？这大约首先要看有无足够的精力。比较恰当的例子是死刑犯，我揣摩他们只要离刑期还有一段日子，就不可能一门心思只想着那颗致命的子弹。恐惧如同一切强烈的情绪一样难以持久，久了会麻痹，会出现间歇。一旦试图做点什么事填充这间歇，阵痛般发作的恐惧又会起来破坏任何积极的念头。一事不做地坐等一个注定的灾难发生，这种等实在荒谬，与之相比，灾难本身反倒显得比较好忍受一些了。

无论等好事还是等坏事，所等的那个结果是明确的。如果所等的结果与我们关系重大，但吉凶未卜，又别是一番滋味在心头。这时我们宛如等候判决，心中焦虑不安。焦虑实际上是由彼此对立的情绪纠结而成，其中既有对好结果的盼望，又有对坏结果的忧惧。一颗心不仅悬在半空，而且七上八下，大受颠簸之苦。说来可怜，我们自幼及长，从做学生时的大小考试，到毕业后的就业、定级、升迁、出洋等等，一生中不知要过多少关口，等候判决的滋味真没有少尝。当然，一个人如果有足够的悟性，就迟早会看淡浮世功名，不再把自己放在这个等候判决的位置上。但是，若非修炼到类似涅槃的境界，恐怕就总有一些事情的结局是我们不能无动于衷的。此刻某机关正在研究给不给我加薪，我可以一哂置之，此刻某医院正在给我的妻子动剖腹产手术，我还能这么豁达吗？到产科手术室门外去看看等候在那里的丈夫们的冷峻脸色，我们就知道等候命运判决是多么令人心焦的经历了。在人生的道路上，我们难免会走到某几扇陌生的门前等候开启，那心情便接近于等在产科手术室门前的丈夫们的心情。

　　不过，我们一生中最经常等候的地方不是门前，而是窗前。那是一些非常窄小的窗口，有形的或无形的，分布于商店、银行、车站、医院等与生计有关的场所，以及办理种种烦琐手续的机关衙门。我们为了生存，不得不耐着性子，排着队，缓慢地向它们挪动，然后屈辱地侧转头颅，以便能够把我们的视线、手和手中的钞票或申请递进那个窄洞里，又摸索着取出我们所需要的票据文件等等。这类小窗口常常无缘无故关闭，好在我们的忍耐力磨炼得非常发达，已经习惯于默默地无止境地等待了。

等在命运之门前面，等的是生死存亡，其心情是焦虑，但不乏悲壮感。等在生计之窗前面，等的是柴米油盐，其心情是烦躁，掺和着屈辱感。前一种等，因为结局事关重大，不易感到无聊。然而，如果我们的悟性足以平息焦虑，那么，在超脱中会体味一种看破人生的大无聊。后一种等，因为对象平凡琐碎，极易感到无聊，但往往是一种习以为常的小无聊。

说起等的无聊，恐怕没有比逆旅中的迫不得已的羁留更甚的了。所谓旅人之愁，除了离愁、乡愁，更多的成分是百无聊赖的闲愁。譬如，由于交通中断，不期然被耽搁在旅途中某个荒村野店，通车无期，举目无亲，此情此境中的烦闷真是难以形容。但是，若把人生比作逆旅，我们便会发现，途中耽搁实在是人生的寻常遭际。我们向理想生活进发，因了种种必然的限制和偶然的变故，或早或迟在途中某一个点上停了下来。我们相信这是暂时的，总在等着重新上路，希望有一天能过自己真正想过的生活，殊不料就在这个点上永远停住了。有些人渐渐变得实际，心安理得地在这个点上安排自己的生活。有些人仍然等啊等，岁月无情，到头来悲叹自己被耽误了一辈子。

那么，倘若生活中没有等，又怎么样呢？在说了等这么多坏话之后，我忽然想起等的种种好处，不禁为我的忘恩负义汗颜。

我曾经在一个农场生活了一年半。那是湖中的一个孤岛，四周只见茫茫湖水，不见人烟。我们在岛上种水稻，过着极其单调的生活。使我终于忍受住这单调生活的正是等——等信。每天我是怀着怎样殷切的心情等送信人到来的时刻啊，我仿佛就是为这个时刻活着的，尽管等常常落空，但是等本身就为一天的生活提供了色彩和意义。

我曾经在一间地下室里住了好几年。日复一日，只有我一个人。当我伏案读书写作的时候，我不由自主地在等——等敲门声。我期待我的同类访问我，这期待使我感到我还生活在人间，地面上的阳光也有我一份。我不怕读书写作被打断，因为无须来访者，极度的寂寞早已把它们打断一次又一次了。

　　不管等多么需要耐心，人生中还是有许多值得等的事情的：等冬夜里情人由远及近的脚步声，等载着久别好友的列车缓缓进站，等第一个孩子出生，等孩子咿呀学语偶然喊出一声爸爸后再喊第二声第三声，等第一部作品发表，等作品发表后读者的反响和共鸣……

　　可以没有爱情，但如果没有对爱情的憧憬，哪里还有青春？可以没有理解，但如果没有对理解的期待，哪里还有创造？可以没有所等的一切，但如果没有等，哪里还有人生？活着总得等待什么，哪怕是等待戈多。有人问贝克特，戈多究竟代表什么，他回答道："我要是知道，早在戏里说出来了。"事实上，我们一生都在等待自己也不知道的什么，生活就在这等待中展开并且获得了理由。等的滋味不免无聊，然而，一无所等的生活更加无聊。不，一无所等是不可能的。即使在一无所等的时候，我们还是在等，等那个有所等的时刻到来。一个人到了连这样的等也没有的地步，就非自杀不可。所以，始终不出场的戈多先生实在是人生舞台的主角，没有他，人生这场戏是演不下去的。

　　人生唯一有把握不会落空的等是等那必然到来的死。但是，人人都似乎忘了这一点而在等着别的什么，甚至死到临头仍执迷不悟。我对这种情形感到悲哀，又感到满意。

没有目的的旅行

没有比长途旅行更令人兴奋的了，也没有比长途旅行更容易使人感到无聊的了。

人生，就是一趟长途旅行。

一趟长途旅行，意味着奇遇，巧合，不寻常的机缘，意外的收获，陌生而新鲜的人和景物。总之，意味着种种打破生活常规的偶然性和可能性。所以，谁不是怀着朦胧的期待和莫名的激动踏上旅程的？

然而，一般规律是，随着旅程的延续，兴奋递减，无聊递增。

我们从记事起就已经身在这趟名为"人生"的列车上了。一开始，我们并不关心它开往何处。孩子们不需要为人生安上一个目的，他们扒在车窗边，小脸蛋紧贴玻璃，窗外掠过的田野、树木、房屋、人畜无不可观，无不使他们感到新奇。无聊与他们无缘。

不知从何时起，车窗外的景物不再那样令我们陶醉了。这是我们告别童年的一个确切标志，我们长大成人了。我们开始需要一个目的，而且往往也就有了一个也许清晰但多半模糊的目的。我们相信列车将把我们带往一个美妙的地方，那里的景物远比沿途优美。我们在心里悄悄给那地方冠以美好的名称，名之为"幸福""成功""善""真理"等等。

　　不幸的是，一旦我们开始憧憬一个目的，无聊便接踵而至。既然生活在远处，近处的就不是生活。既然目的最重要，过程就等而下之。我们的心飞向未来，只把身体留在现在，视正在经历的一切为必不可免的过程，耐着性子忍受。

　　列车在继续行进，但我们愈来愈意识到自己身寄逆旅，不禁暗暗计算日程，琢磨如何消磨途中的光阴。好交际者便找人攀谈，胡侃神聊，不厌其烦地议论天气、物价、新闻之类无聊的话题。性情孤僻者则躲在一隅，闷头吸烟，自从无烟车厢普及以来，就只是坐着发呆、瞌睡、打呵欠。不学无术之徒掏出随身携带的通俗无聊小报和杂志，读了一遍又一遍。饱学之士翻开事先准备的学术名著，想聚精会神研读，终于读不进去，便屈尊向不学无术之徒借来通俗报刊，图个轻松。先生们没完没了地打扑克。太太们没完没了地打毛衣。凡此种种，雅俗同归，都是在无聊中打发时间，以无聊的方式逃避无聊。

　　当然，会有少数幸运儿因了自身的性情或外在的机缘，对旅途本身仍然怀着浓厚的兴趣。一位诗人凭窗凝思，浮想联翩，笔下灵感如涌。一对妙龄男女隔座顾盼，两情款洽，眉间秋波频送。他们都乐在其中，不觉得旅途无聊。愈是心中老悬着一个遥远目的地的旅客，愈不耐旅途的漫长，容易百无聊赖。由此可见，无聊生于目的与过程的分离，乃是一种对过程疏远和隔膜的心境。孩子或者像孩子一样单纯的人，目的意识淡薄，沉浸在过程中，过程和目的浑然不分，他们能够随遇而安，即事起兴，不易感到无聊。商人或者像商人一样精明的人，有非常明确实际的目的，以此指导行动，规划过程，目的与过程丝丝相扣，他们能够聚精会神，分秒必争，也不易感到无聊。怕就怕既失去了孩子的单纯，又不肯学商人的精明，目的意识强烈却并无明确实际的目的，有所追求但所求不是太缥缈就是太模糊。"我只是想要，但不知道究竟想要什么。"这种心境是滋生无聊的温床。心中弥漫着一团空虚，无物可以填充。凡到手的一切都不是想要的，于是难免无聊了。

舍近逐远似乎是我们人类的天性，大约正是目的意识在其中作祟。一座围城，城里的人想出去，城外的人想进来，如果出不去进不来，就感到无聊。这是达不到目的的无聊。一旦城里的人到了城外，城外的人到了城里，又觉得城外和城里不过尔尔。这是目的达到后的无聊。于是，健忘的人（我们多半是健忘的）折腾往回跑，陷入又一轮循环。等到城里城外都厌倦，是进是出都无所谓，更大的无聊就来临了。这是没有了目的的无聊。

超出生存以上的目的，大抵是想象力的产物。想象力需要为自己寻找一个落脚点，目的便是这落脚点。我们乘着想象力飞往远方，疏远了当下的现实。一旦想象中的目的实现，我们又会觉得它远不如想象。最后，我们倦于追求一个目的了，但并不因此就心满意足地降落到地面上来。我们乘着疲惫的想象力，心灰意懒地盘旋在这块我们业已厌倦的大地上空，茫然四顾，无处栖身。

让我们回到那趟名为"人生"的列车上来。假定我们各自怀着一个目的，相信列车终将把我们带到心向往之的某地，为此我们忍受着旅途的无聊，这时列车的广播突然响了，通知我们列车并非开往某地，非但不是开往某地，而且不开往任何地方，它根本就没有一个目的地。试想一下，在此之后，不再有一个目的来支撑我们忍受旅途的无聊，其无聊更将如何？

然而，这正是我们或早或迟会悟到的人生真相。"夫天地者，万物之逆旅也"，万物之灵也只是万物的一分子，逃不脱大自然安排的命运。人活一世，不过是到天地间走一趟罢了。人生的终点是死，死总不该是人生的目的。人生原本就是一趟没有目的的旅行。

鉴于人生本无目的，只是过程，有的哲人就教导我们重视过程，不要在乎目的。如果真能像孩子那样沉浸在过程中，当然可免除无聊。可惜的是，我们已非孩子，觉醒了的目的意识不容易回归混沌。莱辛说他重视追求真理的过程胜于重视真理本身，这话怕是出于一种无奈的心情，正因为过于重视真理，同时又过于清醒地看到真理并不存在，才不得已而返，求诸过程。看破目的阙如而执着过程，这好比看破红尘的人还俗，与过程早已隔了一道鸿沟，至多只能做到貌合神离而已。

如此看来，无聊是人的宿命。无论我们期待一个目的，还是根本没有目的可期待，我们都难逃此宿命。在没有目的时，我们仍有目的意识。在无可期待时，我们仍茫茫然若有所待。我们有时会沉醉在过程中，但是不可能始终和过程打成一片。我们渴念过程背后的目的，或者醒悟过程背后绝无目的时，我们都会对过程产生疏远和隔膜之感。然而，我们又被黏滞在过程中，我们的生命仅是一过程而已。我们心不在焉而又身不由己，这种心境便是无聊。

从"多余的人"到"局外人"

自古以来，人一直在向世界发出呼唤，并且一直从世界得到回答。事实上，人是把自己呼唤的回声听成了世界的回答。可是，直到一个多世纪前，人才对此如梦初醒。于是，一个新的历史时代拉开了帷幕。

一个能够回答人的呼唤的世界，实际上就是一个上帝。现在，世界沉默了，上帝死了。

当人的呼唤第一次得不到世界的回答，世界第一次对之报以毛骨悚然的沉默的时候，人发现自己遭到了遗弃。他像弃妇一样恸哭哀号，期望这号哭能打动世界的冰冷的心。但是，覆水难收，世界如此绝情，只有凄厉的哭声送回弃妇自己耳中。

这时候走来一位哲学家，他劝告人类：命运不可违抗，呼唤纯属徒劳，人应当和世界一同沉默，和上帝一同死去。

另一位哲学家反驳道：在一个沉默的世界上无望地呼唤，在一片无神的荒原上孤独地跋涉，方显出人的伟大。

渴求意义的人突然面对无意义的世界，首先表现出这两种心态：颓废和悲壮。它们的哲学代言人就是叔本华和尼采。

还有第三种心态：厌倦。

如果说颓废是听天由命地接受无意义，悲壮是慷慨激昂地反抗无意义，那么，厌倦则是一种既不肯接受又不想反抗的心态。颓废者是奴隶，悲壮者是英雄，厌倦者是那种既不愿做奴隶又无心当英雄的人，那种骄傲得做不成奴隶又懒惰得当不了英雄的人。

厌倦是一种混沌的情绪，缺乏概念的明确性。所以，它没有自己的哲学代言人。它化身为文学形象登上十九世纪舞台，这就是俄国作家笔下的一系列"多余的人"的形象。"多余的人"是拜伦的精神后裔，这位英国勋爵身上的一种气质通过他们变成了一个清楚的文学主题。

我把厌倦看作无聊的一种形态。这是一种包含激情的无聊。"多余的人"是一些对于意义非常在乎的人，但他们在这个世界上找不到他们所寻求的意义。当世人仍然满足于种种既有的生活价值时，他们却看透了这些价值的无价值。因此，他们郁郁寡欢、落落寡合，充满着失落感，仿佛不是他们否定了既有的意义，倒是他们自己遭到了既有意义的排斥。这个世界是为心满意足的人准备的，没有他们的位置。所以，他们觉得自己是"多余的人"。

从莱蒙托夫的《当代英雄》出版、第一个"多余的人"形象皮却林诞生之日起，恰好过了一个世纪，加缪的《局外人》问世。如果把默尔索对于世间万事的那种淡漠心态也看作一种无聊，那么，这已经是一种不含激情的无聊了。从"多余的人"到"局外人"，无聊的色调经历了由暖到冷的变化。

人一再发出呼唤，世界却固执地保持沉默。弃妇心头的哀痛渐渐冷却，不再发出呼唤。这个世界不仅仅是一个负心汉，因为负心犹未越出可理解的范围。这个世界根本就不可理解，它没有心，它是一堆石头。人终于发现自己面对的是一个荒谬的世界。

笼罩十九世纪的气氛是悲剧性的，人们在为失落的意义受难。即使是叔本华式的悲观哲学家，对于意义也并非不在乎，所以才力劝人们灭绝生命的激情，摆脱意义的困惑。然而，悲观主义又何尝不是一种激情呢。到了二十世纪，荒诞剧取代了悲剧。对于一个荒谬的世界，你有什么可动感情的？"局外人"不再是意义世界的逐儿，他自己置身于意义世界之外，彻底看破意义的无意义，冷眼旁观世界连同他自己在这个世界上的一切遭际。不能说"局外人"缺乏感情，毋宁说他已经出离感情范畴的评判了。

试以皮却林和默尔索为例做一个比较。

爱情从来是最重要的生活价值之一。可以相当有把握地断定，厌倦爱情的人必定厌世。皮却林确实厌倦了。他先是厌倦了交际场上那些贵妇人的爱情。"我熟悉这一切——而这便是使我感到枯燥乏味的原因。"后来他和一个土司的女儿相爱，但也只有几天新鲜。"这蛮女的无知和单纯，跟那贵妇人的妖媚同样使人厌倦。"他在爱情中寻求新奇，感到的却总是重复。他不可能不感到重复。厌食症患者吃什么都一个味。

然而，这个厌食症患者毕竟还有着精神的食欲，希望世上有某种食物能使他大开胃口。对皮却林来说，爱情是存在的，只是没有一种爱情能使他满足而已。默尔索却压根儿不承认有爱情这回事。他的情妇问他爱不爱她，他说这话毫无意义。皮却林想做梦而做不成，默尔索根本不做梦。

　　皮却林对于爱情还只是厌倦，对于结婚则简直是深恶痛绝了："不论我怎样热烈地爱一个女人，只要她使我感到我应当跟她结婚——再见吧，爱情！我的心就变成一块顽石，什么都不会再使它温暖。"这种鲜明态度极其清楚地表明，皮却林还是在守卫着什么东西，他内心是有非常执着的追求的。他厌倦爱情，是因为爱情不能满足这种追求。他痛恨结婚，是因为结婚必然扼杀这种追求。他终究是意义世界中的人。

　　默尔索对结婚抱完全无所谓的态度。他没有什么要守卫的，也没有什么可失去的。他的情妇问他愿不愿结婚，他说怎么都行，如果她想，就可以结。情妇说结婚可是件大事，他斩钉截铁地回答："不。"由于他否认爱情的存在，他已经滤净了结婚这件事的意义内涵，剩下的只是一个可有可无的空洞形式。在他眼里，他结不结婚是一件和他自己无关的事情。他是他自己婚姻的"局外人"。

　　其实，何止婚姻，他的一切生活事件，包括他的生死存亡，都似乎和他无关。他甚至是他自己的死的"局外人"。他稀里糊涂地杀了一个人（因为太阳晒得他发昏！），为此被判死刑。在整个审判过程中，他觉得自己在看一场别人的官司，费了一番力气才明白他自己是这一片骚动的起因。检察官声色俱厉地控诉他，他感到厌烦，只有和全局无关的只言片语和若干手势还使他感到惊奇。律师辩护时，他注意倾听的是从街上传来的一个卖冰棍小贩的喇叭声。对于死刑判决，他的想法是："假如要死，怎么死，什么时候死，这都无关紧要。"他既不恋生，也不厌生，既不惧怕死，也不渴求死，对生死只是一个无动于衷。

皮却林对于生死却是好恶分明的。不过，他不是贪生怕死，而是厌生慕死。他的朋友说："迟早我要在一个美好的早晨死去。"他补上一句："在一个极龌龊的夜晚我有过诞生的不幸。"他寻衅和人决斗，抱着这样的心情等死："我——好像一个在跳舞会上打呵欠的人，他没有回家睡觉，只是因为他的马车还没有来接他罢了。"对死怀着一种渴望的激情，正是典型的浪漫情调。和默尔索相比，皮却林简直是个乳臭未干的理想主义者。

皮却林说："一切在我都平淡无味。"他还讲究个味儿。他心中有个趣味标准，以之衡量一切。即使他厌倦了一切，至少对厌倦本身并不厌倦。莱蒙托夫承认，在他的时代，厌倦成了一种风尚，因而"大多数的真正厌倦的人，却努力藏起这种不幸，就像藏起一种罪恶似的"。可见在"多余的人"心目中，真正的厌倦是很珍贵的，它是"当代英雄"的标志，他们借此而同芸芸众生区别开来了。这多少还有点在做戏。"局外人"则完全脱尽了戏剧味和英雄气。默尔索只是淡漠罢了，他对自己的淡漠也是淡漠的，从未感到自己有丝毫的与众不同。

"多余的人"厌倦平静和同一，渴求变化和差异。对他们来说，变化和差异是存在的，他们只是苦于自己感觉不到。"局外人"却否认任何变化和差异，所以也谈不上去追求。默尔索说："生活是无法改变的，什么样的生活都一样。"本来，意义才是使生活呈现变化和差异的东西。在一个荒谬的世界里，一切都没有意义，当然也就无所谓变化和差异了。他甚至设想，如果让他一辈子住在一棵枯树的树干里，除了抬头看流云，无事可干，他也会习惯的。这枯树干不同于著名的第欧根尼的桶，它不是哲人自足的象征，而是人生无聊的缩影。在默尔索看来，住在枯树干里等白云飘来，或者住在家里等情人幽会，完全是一回事。

那么，"局外人"是否就全盘接受世界的无意义了呢？在他的淡漠背后，当真不复有一丝激情了吗？不，我不相信。也许，置身局外这个行为把无意义本身也宣判为无意义了，这便是一种反抗无意义的方式。也许，淡漠是一种寓反抗于顺从的激情。世上并无真正的"局外人"，一切有生终归免不了有情。在一个荒谬的世界上，人仍然有可能成为英雄。我们果然听到加缪赞美起"荒谬的英雄"西绪福斯，以及他的激情和苦难了。

回归简单的生活

除夕之夜，鞭炮声大作。我躲进了我的小屋。这是我最容易感到寂寞无聊的时候。不过，这种感觉没什么不好。

我的趣味一向是，寂寞比热闹好，无聊比忙碌好。寂寞是想近人而无人可近，无聊是想做事而无事可做。然而，离人远了，离神就近了。眼睛不盯着手头的事务，就可以观赏天地间的奥秘了。人生诚然难免寂寞无聊，但若真的免去了它们，永远热闹，永远忙碌，岂不更可怕？

现代人差不多是到了永远热闹忙碌的地步。奇怪的是，寂寞无聊好像不但没有免去，反而有增无减。整个现代生活就像是一场为逃避寂寞制造出来的热闹，为逃避无聊制造出来的忙碌。可是，愈怕鬼，鬼愈来，鬼就在自己心中。

看到书店出售教授交际术成功术之类的畅销书，我总感到滑稽。

一个人对某个人有好感，和他或她交了朋友，或者对某件事感兴趣，想方设法把它做成功，这本来都是自然而然的。不熟记要点就交不了朋友，不乞灵秘诀就做不成事业，可见多么缺乏真情感真兴趣了。但是，没有真情感，怎么会有真朋友呢？没有真兴趣，怎么会有真事业呢？既然如此，又何必孜孜于交际和成功？这样做当然有明显的功利动机，但那还是比较表面的，更深的原因是精神上的空虚，于是急于找捷径躲到人群和事务中去。我不知道其效果如何，只知道如果这样的交际家走近我身旁，我一定会更感寂寞；如果这样的成功者站在我面前，我一定会更觉无聊的。

曾经有一个时期，人类过着极其平静单调的生活。用现代人的眼光看，一定会认为那种生活难以忍受。可是，我们很少听说我们的祖先曾经抱怨寂寞，叹息无聊。要适应简单的生活，必须有一颗纯朴的心。我承认我也是一个现代人，已经没有那样纯朴的心，因而适应不了那样简单的生活了。不过，我想，我至少能做到，当我寂寞无聊的时候，尽量忍受，绝不逃避。我不到电视机前去呆坐，不到娱乐厅去玩电子游戏，不去酒吧陪时髦的先生或小姐喝高级饮料，宁肯陪我的无聊多坐一会儿。我要尽量平静地度过寂寞的时光，尽量从容地品尝无聊的滋味，也许这正是一个回归简单生活的机会。

照理说，生命如此短暂，想做的事根本做不完，应该没有工夫感到无聊。单说读书，读某一类书，围绕某一个专题读，就得搭进去一辈子的光阴。然而，我宁愿少读点书，多留点时间给无聊。一个人只要不讨厌自己，是不该怕无聊的。不读别的书，正好仔细读自己的灵魂这本书。我可不愿意到了垂暮之年，号称读书破万卷，学问甲天下，自己的灵魂这本书却未曾翻开过。如果那样，我会为自己白活一场而死不瞑目的。

新年伊始，我只有一个很简单的愿望。我希望在离城市很远的地方有一间自己的屋子，里面只摆几件必要的家具，绝对不安电话，除了少数很亲密又很知趣的朋友，也不给人留地址，我要在那里重新学会过简单的生活。至于说像梭罗那样在风景优美的湖滨筑屋幽居，那可是我不敢抱的奢望。

只是眷恋这人间烟火

05

平凡生命的绝唱

悲观·执着·超脱

一

人的一生，思绪万千。然而，真正让人想一辈子，有时想得惊心动魄，有时不去想仍然牵肠挂肚，这样的问题并不多。透底地说，人一辈子只想一个问题，这个问题一视同仁无可回避地摆在每个人面前，令人困惑得足以想一辈子也未必想清楚。

回想起来，许多年里纠缠着也连缀着我的思绪的动机始终未变，它催促我阅读和思考，激励我奋斗和追求，又规劝我及时撤退，甘于淡泊。倘要用文字表达这个时隐时现的动机，便是一个极简单的命题：只有一个人生。

如果人能永远活着或者活无数次，人生问题的景观就会彻底改变，甚至根本不会有人生问题存在了。人生之所以成为一个问题，前提是生命的一次性和短暂性。不过，从只有一个人生这个前提，不同的人，不，同一个人也可以引出不同的结论。也许，困惑正在于这些彼此矛盾的结论似乎都有道理。也许，智慧也正在于使这些彼此矛盾的结论达成辩证的和解。

二

　　无论是谁，当他初次意识到只有一个人生这个令人伤心的事实时，必定会产生一种幻灭感。生命的诱惑刚刚在地平线上出现，却一眼看到了它的尽头。一个人生太少了！心中涌动着如许欲望和梦幻，一个人生怎么够用？为什么历史上有好多帝国和王朝，宇宙间有无数星辰，而我只有一个人生？在帝国兴衰、王朝更迭的历史长河中，在星辰的运转中，我的这个小小人生岂非等于零？它确实等于零，一旦结束，便不留一丝影踪，与从未存在过有何区别？

　　捷克作家昆德拉笔下的一个主人公常常重复一句德国谚语，大意是只活一次等于未尝活过。这句谚语非常简练地把只有一个人生与人生虚无画了等号。

　　近读金圣叹批《西厢记》，这位独特的评论家极其生动地描述了人生短暂使他感到的无可奈何的绝望。他在序言中写道：自古迄今，"几万万年月皆如水逝、云卷、风驰、电掣，无不尽去，而至于今年今月而暂有我。此暂有之我，又未尝不水逝、云卷、风驰、电掣而疾去也"。我也曾想有作为，但这所作所为同样会水逝、云卷、风驰、电掣而尽去，于是我不想有作为了，只想消遣，批《西厢记》即一消遣法。可是，"我诚无所欲为，则又何不疾作水逝、云卷、风驰、电掣，顷刻尽去"？想到这里，连消遣的心思也没了，真是万般无奈。

古往今来，诗哲们关于人生虚无的喟叹不绝于耳，无须在此多举。悲观主义的集大成者当然要数佛教，归结为一个"空"字。佛教的三项基本原则（三法印）无非是要我们由人生的短促（"诸行无常"），看破人生的空幻（"诸法无我"），从而自觉地放弃人生（"涅槃寂静"）。

三

人要悲观实在很容易，但要彻底悲观也并不容易，只要看看佛教徒中难得有人生前涅槃，便足可证明。但凡不是悲观到马上自杀，求生的本能自会找出种种理由来和悲观抗衡。事实上，从只有一个人生的前提，既可推论出人生了无价值，也可推论出人生弥足珍贵。物以稀为贵，我们在世上最觉稀少、最嫌不够的东西便是这迟早要结束的生命。这唯一的一个人生是我们的全部所有，失去它我们便失去了一切，我们岂能不爱它，不执着于它呢？

诚然，和历史、宇宙相比，一个人的生命似乎等于零。但是，雪莱说得好："同人生相比，帝国兴衰、王朝更迭何足挂齿！……同人生相比，日月星辰的运转与归宿又算得了什么？"面对无边无际的人生之爱，那把人生对照得极其渺小的无限时空，反倒退避三舍，不足为虑了。人生就是一个人的疆界，最要紧的是负起自己的责任，管好这个疆界，而不是越过它无谓地悲叹天地之悠悠。

古往今来，尽管人生虚无的悲论如缕不绝，可是劝人执着人生爱惜光阴的教诲更是谆谆在耳。两相比较，执着当然比悲观明智得多。悲观主义是一条绝路，冥思苦想人生的虚无，想一辈子也还是那么一回事，绝不会有柳暗花明的一天，反而窒息了生命的乐趣。不如把这个虚无放到括号里，集中精力做好人生的正面文章。既然只有一个人生，世人心目中值得向往的东西，无论成功还是幸福，今生得不到，就永无得到的希望了，何不以紧迫的心情和执着的努力，把这一切追求到手再说？

四

可是，一味执着也和一味悲观一样，同智慧相去甚远。悲观的危险是对人生持厌弃的态度，执着的危险则是对人生持占有的态度。

所谓对人生持占有的态度，倒未必专指那种唯利是图、贪得无厌的行径。弗罗姆在《占有或存在》一书中具体入微地剖析了占有的人生态度，它体现在学习、阅读、交谈、回忆、信仰、爱情等一切日常生活经验中。据我的理解，凡是过于看重人生的成败、荣辱、福祸、得失，视成功和幸福为人生第一要义和至高目标者，即可归入此列。因为这样做实质上就是把人生看成一种占有物，必欲向之获取最大效益而后快。

但人生是占有不了的。毋宁说，它是侥幸落到我们手上的一件暂时的礼物，我们迟早要把它交还。我们宁愿怀着从容闲适的心情玩味它，而不要让过分急切的追求和得失之患占有我们，使我们不再有玩味的心情。在人生中还有比成功和幸福更重要的东西，那就是凌驾于一切成败福祸之上的豁达胸怀。在终极的意义上，人世间的成功和失败、幸福和灾难，都只是过眼烟云，彼此并无实质的区别。当我们这样想时，我们和我们的身外遭遇保持了一个距离，反而和我们的真实人生贴得更紧了，这真实人生就是一种既包容又超越身外遭遇的丰富的人生阅历和体验。

我们不妨眷恋生命，执着人生，但同时也要像蒙田说的那样，收拾好行装，随时准备和人生告别。入世再深，也不忘它的限度。这样一种执着有悲观垫底，就不会走向贪婪。有悲观垫底的执着，实际上是一种超脱。

五

我相信一切深刻的灵魂都蕴藏着悲观。换句话说，悲观自有其深刻之处。死是多么重大的人生事件，竟然不去想它，这只能用怯懦或糊涂来解释。用贝多芬的话说："不知道死的人真是一个可怜虫！"

当然，我们可以补充一句："只知道死的人也是可怜虫！"真正深刻的灵魂决不会沉溺于悲观。悲观本源于爱，为了爱又竭力与悲观抗争，反倒有了超乎常人的创造，贝多芬自己就是最好的例子。不过，深刻更在于，无论获得多大成功，也消除不了内心蕴藏的悲观，因而终能以超脱的眼光看待这成功。如果一种悲观可以轻易被外在的成功打消，我敢断定那不是悲观，而只是肤浅的烦恼。

超脱是悲观和执着两者激烈冲突的结果，又是两者的和解。前面提到金圣叹因批《西厢》而引发了一段人生悲叹，但他没有止于此，否则我们今天就不会读到他批的《西厢》了。他太爱《西厢》，非批不可，欲罢不能。所以，他接着笔锋一转，写道：既然天地只是偶然生我，那么，"未生已前非我也，既去已后又非我也。然则今虽犹尚暂在，实非我也"。于是，"以非我者之日月，误而任我之唐突可也；以非我者之才情，误而供我之挥霍可也"。总之，我可以让那个非我者去批《西厢》而供我消遣了。他的这个思路，巧妙地显示了悲观和执着在超脱中达成的和解。我心中有悲观，也有执着。我愈执着，就愈悲观，愈悲观，就愈无法执着，陷入了二律背反。我干脆把自己分裂为二，看透那个执着的我是非我，任他去执着。执着没有悲观牵肘，便可放手执着。悲观扬弃执着，也就成了超脱。不仅把财产、权力、名声之类看作身外之物，而且把这个终有一死的"我"也看作身外之物，如此才有真正的超脱。

由于只有一个人生，颓废者因此把它看作零，堕入悲观的深渊；执迷者又因此把它看作全，激起占有的热望。两者均未得智慧的真髓。智慧是在两者之间，确切地说，是包容了两者又超乎两者之上。人生既是零，又是全，是零和全的统一。用全否定零，以反抗虚无，又用零否定全，以约束贪欲，智慧仿走着这螺旋形的路。不过，这只是一种简化的描述。事实上，在一个热爱人生而又洞察人生的真相的人心中，悲观、执着、超脱三种因素始终都存在着，没有一种会完全消失，智慧就存在于它们此消彼长的动态平衡之中。我不相信世上有一劳永逸彻悟人生的"无上觉者"，如果有，他也业已涅槃，不再属于这个活人的世界了。

天才的命运

一八二三年夏季，拜伦从热那亚渡海，向烽火四起的希腊进发，准备献身于他心目中圣地的解放战争。出发前夕，仿佛出于偶然，他给歌德捎去一张便函。歌德赋诗作答。拜伦还来得及写一封回信。这样，十九世纪的两位诗坛泰斗，诗歌奥林匹斯山上的酒神和日神，终于赶在死神之前沟通了彼此的倾慕。

当时，歌德已是七十四岁高龄，在马里耶巴德最后一次堕入情网。魏玛小朝廷的这位大臣一生中不断恋爱，又不断逃避。他有许多顾忌，要维护他的责任、地位、声望和心理平衡。但是，他内心深处非常羡慕拜伦的自由不羁的叛逆精神。这一回，他手中拿着拜伦的信，在拜伦形象的鼓舞下，决心向年仅十九岁的意中人求婚。

可是，颇具讽刺意味的是，那位使他鼓起勇气走向爱情的英国勋爵，此时尽管正当盛年，只有三十五岁，已经厌倦了爱情，也厌倦了生命，决心走向死亡。不到一年，果然客死希腊。歌德是个老少年，而拜伦，如同他自己所说，是个年轻的老人。临终前，他告诉医生："我对生活早就腻透了。你们挽救我的生命的努力是徒劳的。我来希腊，正是为了结束我所厌倦的生存。"

在拜伦的个性中，最触目惊心的特征便是这深入骨髓的厌倦病。他又把这个特征投射到创作中，从哈洛尔德到唐璜，他的主人公无一例外都患有这种病。他的妻子，那位有严格的逻辑头脑、被他讥称为"平行四边形公主"的安娜贝拉，关于他倒下过一句中肯的断语：正是"对单调生活的厌倦无聊把这类心地最善良的人逼上了最危险的道路"。他自己也一再悲叹：不论什么，只要能治好我这可恶的厌倦病就行！为了逃避无聊，他把自己投入惊世骇俗的爱情、浪漫的旅行和狂热的写作之中。然而，这一切纵然使他登上了毁和誉的顶峰，仍不能治愈他的厌倦病。他给自己做总结：我的一生多少是无聊的，我推测这是气质上的问题。

气质上的问题——什么气质？怎么就无聊了？

无聊实在是一种太平常的情绪，世上大约没有谁不曾品尝过个中滋味。但是，无聊和无聊不同。有浅薄的无聊，也有深刻的无聊。前者犹如偶感风寒，停留在体表，很容易用随便哪种消遣将它驱除。后者却是一种浸透灵魂的毒汁，无药可治。拜伦患的就是这么一种致命的疾患。

叔本华说，生命是一团欲望，欲望不满足便痛苦，满足便无聊，人生就在痛苦和无聊之间摇摆。他把无聊看作欲望满足之后的一种无欲望状态，可说是只知其一不知其二。因为，即使酒足饭饱的无聊，也并非纯粹的满足状态，这时至少还有一种未满足的欲望，便是对于欲望的欲望。完全无欲望是一种恬静状态，无聊却包含着不安的成分。人之所以无聊不是因为无欲望，而是因为不能忍受这无欲望的状态，因而渴望有欲望。何况除了肉体欲望，人还有精神欲望，后者实质上是无限的。这种无限的精神欲望尤其体现在像拜伦这样极其敏感的天性身上，他们内心怀着对精神事物的永不满足的欲求，由于无限的欲望不可能通过有限的事物获得满足，结果必然对一切业已到手的东西很容易感到厌倦。对他们来说，因为欲望不能满足而导致的痛苦和因为对既有事物丧失欲望而导致的无聊不是先后交替，而是同时并存的。他们的无聊直接根源于不满足，本身就具有痛苦的性质。拜伦自己对此有清醒的认识，他在《恰尔德·哈洛尔德游记》中写道："有一种人的灵魂动荡而且燃着火焰，它不愿在自己狭隘的躯壳里居停，却总喜欢做非分的幻想和憧憬……这种心灵深处的热狂，正是他和他的同病者们不可救药的致命伤。"我相信这种形而上的激情乃是一切天才的特质，而由于这种激情永无满足的希望，深刻的无聊也就是一切天才不能逃脱的命运了。

表面看来，歌德的个性和拜伦截然相反。然而，只要读一读《浮士德》便可知道，他们之间的相同处要远比相异处更多也更本质。浮士德就是一个灵魂永远不知满足的典型。"他在景仰着上界的明星，又想穷极着下界的欢狂，无论是在人间或在天上，没一样可满足他的心肠。"歌德让他用与拜伦描述哈洛尔德极其相似的语言如此自白："我的心境总觉得有一种感情、一种烦闷，寻不出一个名字来把它命名，我便把我的心思向宇宙中驰骋，向一切的最高的辞藻追寻，我这深心中燃烧着的火焰，我便名之为无穷，为永远，永远，这难道是一种魔性的欺骗？"毫无疑问，在浮士德和哈洛尔德的灵魂中燃着的是同一种火焰，这同一种火焰逼迫他们去做相似的求索。

在"子夜"这一场，匮乏、罪过、患难都不能接近浮士德，唯独忧郁不召而来，挥之不去，致使浮士德双目失明。歌德的这个安排是意味深长的。忧郁是典型的拜伦式气质。歌德曾经表示："我们需要刺激，没有它就不能抵御忧郁。"但是，一切不知满足的灵魂终归都逃脱不了忧郁，歌德通过浮士德的结局终于也承认了这一点。那么，什么是忧郁呢？难道忧郁不正是激情和厌倦所生的孩子吗？

在拜伦身上，激情和厌倦都是一目了然的。歌德不同，他总是用理性来调节激情，抑制厌倦。不过，在他不知疲倦的广泛卓绝的活动背后，他的厌倦仍有蛛丝马迹可寻。他在七十岁时的一封信中针对自己写道："一个人在青年时代就感到世界是荒诞的，那么，在这个荒诞的世界上，他怎么能够再忍受四十年？"据说全凭他有一种天赋，即愿望。可是，"愿望是个奇怪的东西，它每天在愚弄我们"。难怪在他最亲近的人心目中，他是个厌世者、怀疑主义者。其实，老年歌德由衷地同情拜伦，同样透露了这一层秘密。

然而，最有力的证据还是要到他的作品中去寻找。在我看来，浮士德和靡非斯特都是歌德灵魂的化身。如果说拜伦的主人公往往集激情和厌倦于一身，歌德则把他灵魂中的这两个方面分割开来，让浮士德代表永不满足的激情，靡非斯特代表看破一切的厌倦。浮士德和少女跳舞，迷恋于少女的美，唱道："从前做过一个好梦儿；梦见一株苹果树，两颗优美的苹果耀枝头，诱我登上树梢去。"靡非斯特便和老妪跳舞，把这美的实质拆穿，唱道："从前做过一个怪梦儿！梦见一株分叉树，有个什么个东西在叉中，虽臭也觉有滋味。"浮士德凝望海潮涨落，偶然注意到："波浪停止了，卷回海底，把骄傲地达到的目标抛弃；但时间一到，又重演同样的游戏。"对于这无意义的重复，浮士德感到苦闷，遂产生围海造田的念头，决心征服"奔放的元素的漫无目的的力量"，靡非斯特却嘲笑说："这在我并不是什么新闻，几千年来我已经把它认清。"浮士德不倦地创造，在他徒劳地想把握这创造的成果的瞬间，终于倒下死去，此时响起合唱："已经过去了。"靡非斯特反驳道："为什么说过去？过去和全无是同义词！永恒的创造毫无意义！凡创造物都被驱入虚无里！已经过去了——这话是什么意思？那就等于说，从来不曾有过。"对于浮士德的每一个理想主义行为，靡非斯特都在一旁做出虚无主义的注解。从靡非斯特对浮士德的嘲讽中，我们难道听不出歌德的自嘲？

过去等于全无。生命一旦结束，就与从来不曾活过没有区别。浮士德式的灵魂之所以要不安地寻求，其隐秘的动机正是逃脱人生的这种虚无性质。"永恒之女性，引我们飞升。"那个引诱我们不知疲倦地追求的女性，名字就叫永恒。但是，歌德说得明白，这个女性可不是凡间女子，而是天上的圣母、女神。所以，我们一日不升天，她对于我们就始终是一个可望而不可即的幻影。

精神一面要逃避无常，企求永恒，另一面却又厌倦重复，渴慕新奇。在自然中，变是绝对的，不变是相对的。绝对的变注定了凡胎肉身的易朽，相对的不变造就了日常生活的单调。所以，无常和重复原是自然为人生立的法则。但精神不甘于循此法则，偏要求绝对的不变——永恒，偏难忍相对的不变——重复，在变与不变之间陷入了两难。

其实，自然中并无绝对的重复。正如潮汐是大海的节奏一样，生命也有其新陈代谢的节奏。当生命缺乏更高的目的时，我们便把节奏感受为重复。重复之荒谬就在于它是赤裸裸的无意义。重复像是一幅永恒的讽刺画，简直使人对永恒也丧失了兴趣。对那些不安的灵魂来说，重复比无常更不堪忍受。精神原是为逃脱无常而不倦地追求永恒，到后来这不倦的追求本身成了最大需要，以致当追求倦怠之时，为了逃脱重复，它就宁愿扑向无常，毁灭自己。歌德在回忆录里谈到，有个英国人为了不再每天穿衣又脱衣而上吊了。拜伦指出有一些狂人，他们宁可战斗而死，也不愿挨到平静的老年，"无聊而凄凉地死去"。许多大作家之所以轻生，多半是因为发现自己的创造力衰退，不能忍受生命愈来愈成为一种无意义的重复。无聊是比悲观更致命的东西，透彻的悲观尚可走向宿命论的平静或达观的超脱，深刻的无聊却除了创造和死亡，别无解救之道。所以，悲观哲学家叔本华得以安享天年，硬汉子海明威却向自己的脑袋扣动了他最喜欢的那支猎枪的扳机。

但是，我要说，一个人能够感受到深刻的无聊，毕竟是幸运的。这是一种伟大的不满足，它催促人从事不倦的创造。尽管创造也不能一劳永逸地解除深刻的无聊，但至少可以使人免于浅薄的无聊和浅薄的满足。真正的创造者是不会满足于自己既已创造的一切成品的。在我看来，一个人获得了举世称羡的成功，自己对这成功仍然不免发生怀疑和厌倦，这是天才的可靠标志。

思考死：有意义的徒劳

一

死亡和太阳一样不可直视。然而，即使掉头不去看它，我们仍然知道它存在着，感觉到它正步步逼近，把它的可怕阴影投罩在我们每一寸美好的光阴上面。

很早的时候，当我突然明白自己终有一死时，死亡问题就困扰着我了。我怕想，又禁不住要想。周围的人似乎并不挂虑，心安理得地生活着。性和死，世人最讳言的两件事，成了我的青春期的痛苦的秘密。读了一些书，我才发现，同样的问题早已困扰过世世代代的贤哲了。"要是一个人学会了思想，不管他的思想的对象是什么，他总是想着他自己的死。"读到托尔斯泰这句话，我庆幸觅得了一个知音。

死之迫人思考，因为它是一个最确凿无疑的事实，同时又是一件最不可思议的事情。既然人人迟早要轮到登上这个千古长存的受难的高岗，从那里被投入万劫不复的虚无之深渊，一个人怎么可能对之无动于衷呢？然而，自古以来思考过、抗议过、拒绝过死的人，最后都不得不死了，我们也终将追随而去，想又有何用？世上别的苦难，我们可小心躲避，躲避不了，可咬牙忍受，忍受不了，还可以死解脱。唯独死是既躲避不掉，又无解脱之路的，除了接受，别无选择。也许，正是这种无奈，使得大多数人宁愿对死保持沉默。

金圣叹对这种想及死的无奈心境做过生动的描述："细思我今日之如是无奈，彼古之人独不曾先我而如是无奈哉？我今日所坐之地，古之人其先坐之；我今日所立之地，古之人先立之者，不可以数计矣。夫古之人之坐于斯，立于斯，必犹如我之今日也。而今日已徒见有我，不见古人。彼古人之在时，岂不默然知之？然而又自知其无奈，故遂不复言之也。此真不得不致憾于天地也！何其甚不仁也！"

今日我读到这些文字，金圣叹作古已久。我为他当日的无奈叹息，正如他为古人昔时的无奈叹息；而无须太久，又有谁将为我今日的无奈叹息？无奈，只有无奈，真是夫复何言！

想也罢，不想也罢，终归是在劫难逃。既然如此，不去徒劳地想那不可改变的命运，岂非明智之举？

二

在雪莱的一篇散文中，我们看到一位双目失明的老人在他女儿的搀扶下走进古罗马柯利修姆竞技场的遗址。他们在一根倒卧的圆柱上坐定，老人听女儿讲述眼前的壮观，而后怀着深情对女儿谈到了爱、神秘和死亡。他听见女儿为死亡啜泣，便语重心长地说："没有时间、空间、年龄、预见可以使我们免于一死……让我们不去想死亡，或者只把它当成一件平凡的事来想吧。"

如果能够不去想死亡，或者只把它当作人生司空见惯的许多平凡事中的一件来想，倒不失为一种准幸福境界。遗憾的是，愚者不费力气就置身于其中的这个境界，智者（例如这位老盲人）却须历尽沧桑才能达到。一个人只要曾经因想到死亡感受过真正的绝望，他的灵魂深处从此便留下了几乎不愈的创伤。

当然，许多时候，琐碎的日常生活分散了我们的心思，使我们无暇想及死亡。我们还可以用消遣和娱乐来转移自己的注意力。事业和理想是我们的又一个救世主，我们把它悬在前方，如同美丽的晚霞一样遮盖住我们不得不奔赴的那座悬崖，于是放心向深渊走去。

可是，还是让我们对自己诚实些吧。至少我承认，死亡的焦虑始终在我心中潜伏着，时常隐隐作痛，有时还会突然转变为尖锐的疼痛。每一个人都必将迎来"没有明天的一天"，而且这一天随时会到来，因为人在任何年龄都可能死。我不相信一个正常人会从来不想到自己的死，也不相信他想到时会不感到恐惧。把这恐惧埋在心底，他怎么能活得平静快乐，一旦面临死又如何能从容镇定？不如正视它，有病就治，先不去想能否治好。

自柏拉图以来，许多西哲都把死亡看作人生最重大的问题，而把想透死亡问题视为哲学最主要的使命。在他们看来，哲学就是通过思考死亡而为死预做准备的活动。一个人只要经常思考死亡，且不管他如何思考，经常思考本身就会产生一种效果，使他对死亡习以为常起来。中世纪修道士手戴刻有骷髅的指环，埃及人在宴会高潮时抬进一具解剖的尸体，蒙田在和女人做爱时仍默念着死的逼近，凡此种种，依蒙田自己的说法，都是为了："让我们不顾死亡的怪异面孔，常常和它亲近、熟识，心目中有它比什么都多吧。"如此即使不能消除对死的恐惧，至少可以使我们习惯于自己必死这个事实，也就是消除对恐惧的恐惧。主动迎候死，再意外的死也不会感到意外了。

我们对于自己活着这件事实在太习惯了，对于死却感到非常陌生——想想看，自出生后，我们一直活着，从未死过！可见从习惯于生到习惯于死，这个转折并不轻松。不过，在从生到死的过程中，由于耳闻目睹别人的死，由于自己所遭受的病老折磨，我们多少在渐渐习惯自己必死的前景。习惯意味着麻木，芸芸众生正是靠习惯来忍受死亡的。如果哲学只是使我们习惯于死，未免多此一举了。问题恰恰在于，我不愿意习惯。我们期待于哲学的不是习惯，而是智慧。也就是说，它不该靠唠叨来解除我们对死的警惕，而应该说出令人信服的理由来打消我们对死的恐惧。它的确说了理由，让我们来看看这些理由能否令人信服。

三

死是一个有目共睹的事实，没有人能否认它的必然性。因此，哲学家们的努力便集中到一点，即找出种种理由来劝说我们——当然也劝说他自己——接受它。

理由之一：我们死后不复存在，不能感觉到痛苦，所以死不可怕。这条理由是伊壁鸠鲁首先明确提出来的。他说："死亡与我们无关。因为当身体分解成其构成元素时，它就没有感觉。而对其没有感觉的东西与我们无关。""我们活着时，死尚未来临；死来临时，我们已经不存在。因而死与生者与死者都无关。"卢克莱修也附和说："对于不再存在的人，痛苦也全不存在。"

在我看来，没有比这条理由更缺乏说服力的了。死的可怕，恰恰在于死后的虚无，在于我们将不复存在。与这种永远的寂灭相比，感觉到痛苦岂非一种幸福？这两位古代唯物论者实在是太唯物了，他们对于自我寂灭的荒谬性显然没有丝毫概念，所以才会把我们无法接受死的根本原因当作劝说我们接受死的有力理由。

令人费解的是，苏格拉底这位古希腊最有智慧的人，对于死也持有类似的观念。他在临刑前谈自己坦然赴死的理由云："死的境界二者必居其一：或是全空，死者毫无知觉；或是，如世俗所云，灵魂由此界迁居彼界。"关于后者，他说了些彼界比此界公正之类的话，意在讥讽判他死刑的法官们，内心其实并不相信灵魂不死。前者才是他对死的真实看法："死者若无知觉，如睡眠无梦，死之所得不亦妙哉！"因为"与生平其他日、夜比较"，无梦之夜最"痛快"。

把死譬作无梦的睡眠，这是一种常见的说法。然而，两者的不同是一目了然的。酣睡的痛快，恰恰在于醒来时感到精神饱满，如果长眠不醒，还有什么痛快可言？

我是绝对不能赞同把无感觉状态说成幸福的。世上一切幸福，皆以感觉为前提。我之所以恋生，是因为活着能感觉到周围的世界、自己的存在，以及我对世界的认知和沉思。我厌恶死，正是因为死永远剥夺了我感觉这一切的任何可能性。我也曾试图劝说自己：假如我睡着了，未能感觉到世界和我自己的存在，假如有些事发生了，我因不在场而不知道，我应该为此悲伤吗？那么，就把死当作睡着，把去世当作不在场吧。可是无济于事，我太明白其间的区别了。我还曾试图劝说自己：也许，垂危之时，感官因疾病或衰老而迟钝，就不会觉得死可怕了。但是，我立刻发现这推测不能成立，因为一个人无力感受死的可怕，并不能消除死的可怕的事实，而且这种情形本身更可怕。

据说，苏格拉底在听到法官们判他死刑的消息时说道："大自然早就判了他们的死刑。"如此看来，所谓无梦之夜的老生常谈也只是自我解嘲，他的更真实的态度可能是一种宿命论，即把死当作大自然早已判定的必然结局加以接受。

四

顺从自然，服从命运，心甘情愿地接受死亡，这是斯多亚派的典型主张。他们实际上的逻辑是，既然死是必然的，恐惧、痛苦、抗拒全都无用，那就不如爽快接受。他们强调这种爽快的态度，如同旅人离开暂居的客店重新上路（西塞罗），如同果实从树上熟落，或演员幕落后退场（奥勒留）。塞涅卡说：只有不愿离去才是被赶出，而智者愿意，所以"智者绝不会被赶出生活"。颇带斯多亚气质的蒙田说："死说不定在什么地方等候我们，让我们到处都等候它吧。"仿佛全部问题在于，只要把不愿意变为愿意，把被动变为主动，死就不可怕了。

可是，怎样才能把不愿意变为愿意呢？一件事情，仅仅因为它是必然的，我们就愿意了吗？死亡岂不正是一件我们不愿意的必然的事？必然性意味着我们即使不愿意也只好接受，但并不能成为使我们愿意的理由。乌纳穆诺写道："我不愿意死——不；我既不愿意死，也不愿意愿意死。我要求这个'我'能够活着——这个能够使我感觉我是活着的可怜的'我'——因此，我灵魂的持续问题便折磨着我。""不愿意愿意死"——非常确切！这是灵魂的至深的呼声。灵魂是绝对不能接受寂灭的，当肉体因为衰病而"愿意死"时，当心智因为认清宿命而"愿意死"时，灵魂仍然要否定它们的"愿意"！但斯多亚派哲学家完全听不见灵魂的呼声，他们所关心的仅是人面对死亡时的心理生活而非精神生活，这种哲学至多只有心理策略上的价值，并无精神解决的意义。

当然，我相信，一个人即使不愿意死，仍有可能坚定地面对死亡。这种坚定性倒是与死亡的必然性不无联系。拉罗什富科曾经一语道破："死亡的必然性造就了哲学家们的全部坚定性。"在他口中这是一句相当刻薄的话，意思是说，倘若死不是必然的，人有可能永生不死，哲学家们就不会以如此优雅的姿态面对死亡了。这使我想起了荷马讲的一个故事。特洛伊最勇敢的英雄赫克托耳这样动员他的部下："如果避而不战就能永生不死，那么我也不愿冲锋在前了。但是，既然迟早要死，我们为何不拼死一战，反把荣誉让给别人？"毕竟是粗人，说的是大实话，不像哲学家那样转弯抹角。事实上，从容赴死绝非心甘情愿接受寂灭，而是不得已退而求其次，注意力放在尊严、荣誉等仍属尘世目标上的结果。

五

死亡的普遍性是哲学家们劝我们接受死的又一个理由。

卢克莱修要我们想一想，在我们之前的许多伟人都死了，我们有什么可委屈的？奥勒留提醒我们记住，有多少医生在给病人下死亡诊断之后，多少占星家在预告别人的忌日之后，多少哲学家在大谈死和不朽之后，多少英雄在横扫千军之后，多少暴君在滥杀无辜之后，都死去了。总之，在我们之前的无数世代，没有人能逃脱一死。迄今为止，地球上已经发生过太多的死亡，以至于如一位诗人所云，生命只是死亡的遗物罢了。

与我们同时，以及在我们之后的人，情况也一样。卢克莱修说："在你死后，万物将随你而来。"塞涅卡说："想想看，有多少人命定要跟随你死去，继续与你为伴！"蒙田说："如果伴侣可以安慰你，全世界不是跟你走同样的路么？"

人人都得死，这能给我们什么安慰呢？大约是两点：第一，死是公正的，对谁都一视同仁；第二，死并不孤单，全世界都与你为伴。

我承认我们能从人皆有死这个事实中获得某种安慰，因为假如事情倒过来，人皆不死，唯独我死，我一定会感到非常不公正，我的痛苦将因嫉妒和委屈而增添无数倍。除了某种英雄主义的自我牺牲之外，一般来说，共同受难要比单独受难易于忍受。然而，我仍然要说，死是最大的不公正。这不公正并非存在于人与人之间，而是存在于人与神之间。上帝按照自己的形象造人，却不让他像自己一样永生。他把人造得一半是神，一半是兽，将渴望不朽的灵魂和终有一死的肉体同时放在人身上，再不可能有比这更加恶作剧的构思了。

至于说全世界都与我为伴，这只是一个假象。死本质上是孤单的，不可能结伴而行。我们活在世上，与他人共在，死却把我们和世界、他人绝对分开了。在一个濒死者眼里，世界不再属于他，他人的生和死都与他无关。他站在自己的由生入死的出口上，那里只有他独自一人，别的濒死者也都在各自的出口上，并不和他同在。死总是自己的事，世上有多少自我，就有多少独一无二的死，不存在一个一切人共有的死。死后的所谓虚无之境也无非是这一个独特的自我的绝对毁灭，并无一个人人共赴的归宿。

六

那么——卢克莱修对我们说——"回头看看我们出生之前那些

永恒的岁月，对于我们多么不算一回事。自然把它作为镜子，让我们照死后的永恒时间，其中难道有什么可怕的东西？"

这是一种很巧妙的说法，为后来的智者所乐于重复。

塞涅卡："这是死在拿我做试验吗？好吧，我在出生前早已拿它做过一次试验了！""你想知道死后睡在哪里？在那未生的事物中。""死不过是非存在，我已经知道它的模样了。丧我之后正与生我之前一样。""一个人若为自己未能在千年之前活着而痛哭，你岂不认为他是傻瓜？那么，为自己千年之后不再活着而痛哭的人也是傻瓜。"

蒙田："老与少抛弃生命的情景都一样。没有谁离开它不正如他刚走进去。""你由死入生的过程无畏也无忧，再由生入死走一遍吧。"

事实上，在读到上述言论之前，我自己就已用同样的理由劝说过自己。扪心自问，在我出生之前的悠悠岁月中，世上一直没有我，我对此确实不感到丝毫遗憾。那么，我死后世上不再有我，情形不是完全一样吗？

真的完全一样吗？总觉得有点不一样。不，简直是大不一样！我未出生时，世界的确与我无关。可是，对我来说，我的出生是一个决定性的事件，由于它世界就变成了一个和我息息相关的属于我的世界。即使是那个存在于我出生前无穷岁月中的世界，我也可以把它作为我的对象，从而接纳到我的世界中来。我可以阅读前人的一切著作，了解历史上的一切事件。尽管它们产生时尚没有我，但由于我今天的存在，便都成了供我阅读的著作和供我了解的事件。

而在我死后，无论世上还会（一定会的！）诞生什么伟大的著作，发生什么伟大的事件，都真正与我无关，我永远不可能知道了。

譬如说，尽管曹雪芹活着时，世上压根儿没有我，但今天我能享受到读《红楼梦》的极大快乐，真切感觉到它是我的世界的一个组成部分。倘若我生活在曹雪芹以前的时代，即使我是金圣叹，这部作品和我也不会有丝毫关系了。

有时我不禁想，也许，出生得愈晚愈好，那样就会有更多的佳作、更悠久的历史、更广大的世界属于我了。但是，晚到何时为好呢？难道到世界末日再出生，作为最后的证人得以回顾人类的全部兴衰，我就会满意？无论何时出生，一死便前功尽弃，留在身后的同样是那个与自己不再有任何关系的世界。

自我意识强烈的人本能地把世界看作他的自我的产物，因此他无论如何不能设想，他的自我有一天会毁灭，而作为自我的产物的世界将永远存在。不错，世界曾经没有他也永远存在过，但那是一个为他的产生做着准备的世界。生前的无限时间中没有他，却在走向他，终于有了他。死后的无限时间中没有他，则是在背离他，永远不会有他了。所以，他接受前者而拒绝后者，又有什么可奇怪的呢？

七

迄今为止的劝说似乎都无效，我仍然不承认死是一件合理的事。

让我变换一下思路，看看永生是否值得向往。

事实上，最早沉思死亡问题的哲学家并未漏过这条思路。卢克莱修说："我们永远生存和活动在同样事物中间，即使我们再活下去，也不能铸造出新的快乐。"奥勒留说："所有来自永恒的事物犹如形式，是循环往复的，一个人是在一百年还是在两千年或无限的时间里看到同样的事物，这对他都是一回事。"总之，太阳下没有新东西，永生是不值得向往的。

我们的确很容易想象出永生的单调，因为即使在现在这短促的人生中，我们也还不得不熬过许多无聊的时光。然而，无聊不能归因于重复。正如健康的胃不会厌倦进食，健康的肺不会厌倦呼吸，健康的肉体不会厌倦做爱一样，健全的生命本能不会厌倦日复一日重复的生命活动。活跃的心灵则会在同样的事物上发现不同的意义，为自己创造出巧妙的细微差别。遗忘的本能也常常助我们一臂之力，使我们经过适当的间隔重新产生新鲜感。即使假定世界是一个由有限事物组成的系统，如同一副由有限棋子组成的围棋，我们仍然可能像一个入迷的棋手一样把这盘棋永远下下去。仔细分析起来，由死造成的意义失落才是无聊的至深根源，正是因为死使一切成为徒劳，所以才会觉得做什么都没有意思。一个明显的证据是，由于永生信念的破灭，无聊才成了一种典型的现代病。

可是，对此也可提出一个反驳："没有死，就没有爱和激情，没有冒险和悲剧，没有欢乐和痛苦，没有生命的魅力。总之，没有死，就没有了生的意义。"——这正是我自己在数年前写下的一段话。波伏瓦在一部小说中塑造了一个不死的人物，他因为不死而丧失了真正去爱的能力。的确，人生中一切欢乐和美好的东西因为短暂更显得珍贵，一切痛苦和严肃的感情因为牺牲才更见出真诚。如此看来，最终剥夺了生的意义的死，一度又是它赋予了生以意义。无论寂灭还是永生，人生都逃不出荒谬。不过，有时我很怀疑这种悖论的提出乃是永生信念业已破灭的现代人的自我安慰。对希腊人来说，这种悖论并不存在，荷马传说中的奥林匹斯众神丝毫没有因为不死而丧失恋爱和冒险的好兴致。

好吧，让我们退一步，承认永生是荒谬的，因而是不值得向往的，但这仍然不能证明死的合理。我们最多只能退到这一步：承认永生和寂灭皆荒谬，前者不合生活现实的逻辑，后者不合生命本能的逻辑。

八

何必再绕弯子呢？无论举出多少理由都不可能说服你，干脆说出来吧，你无非是不肯舍弃你那可怜的自我。

我承认。这是我的独一无二的自我。

可是，这个你如此看重的自我，不过是一个偶然、一个表象、一个幻象，本身毫无价值。

我听见哲学家们异口同声地说，这下可是击中了要害。尽管我厌恶这种贬抑个体的立场，我仍愿试着在这条思路上寻求解决。

我对自己说：你是一个纯粹偶然的产物，大自然产生你的概率几乎等于零。如果你的父母没有结合（这是偶然的），或者结合了，但未在那个特定的时刻做爱（这也是偶然的），或者做爱了，而你父亲释放的成亿个精子中不是那个特定的精子使你母亲受孕（这更是偶然的），就不会有你。如果你父母各自的父母不是如此这般，就不会有你的父母，也就不会有你。这样一直可以推到你最早的老祖宗，在不计其数的偶然中，只要其中之一改变，你就压根儿不会诞生。难道你能为你未曾诞生而遗憾吗？这岂不就像为你的父母、祖父母、外祖父母等在某月某日未曾做爱而遗憾一样可笑吗？那么，你就权当你未曾诞生好了，这样便不会把死当一回事了。无论如何，一个偶然得不能再偶然的存在，一件侥幸到非分地步的礼物，失去了是不该感到委屈的。滚滚长河中某一个偶然泛起的泡沫，有什么理由为它的迸裂愤愤不平呢？

然而，我还是委屈，还是不平！我要像金圣叹一样责问天地：“既已生我，便应永在；脱不能尔，便应勿生。如之何本无有我……无端而忽然生我；无端而忽然生者，又正是我；无端而忽然生一正是之我，又不容之少住……”尽管金圣叹接着替天地开脱，说既为天地，安得不生，无论生谁，都各个自以为我，其实未尝生我，我固非我。但这一番逻辑实出于不得已，只是为了说服自己接受我之必死的事实。

一种意识到自身存在的存在按其本性是不能设想自身的非存在的。我知道我的出生纯属偶然，但是，既已出生，我就不再能想象我将不存在。我甚至不能想象我会不出生，一个绝对没有我存在过的宇宙是超乎我的想象力的。我不能承认我只是永恒流变中一个可有可无旋生旋灭的泡影，如果这样，我是没有勇气活下去的。大自然产生出我们这些具有自我意识的个体，难道只是为了让我们意识到我们仅是幻象，而它自己仅是空无？不，我一定要否认。我要同时成为一和全、个体和整体、自我和宇宙，以此来使两者均获得意义。也就是说，我不再劝说自己接受死，而是努力使自己相信某种不朽。正是为了自救和救世，不肯接受死亡的灵魂走向了宗教和艺术。

九

"信仰就是愿意信仰；信仰上帝就是希望真有一个上帝。"乌纳穆诺的这句话点破了一切宗教信仰的实质。

我们第一不能否认肉体死亡的事实，第二不能接受死亡，剩下的唯一出路是为自己编织出一个灵魂不死的梦幻，这个梦幻就叫作信仰。借此梦幻，我们便能像贺拉斯那样对自己说："我不会完全死亡！"我们需要这个梦幻，因为如惠特曼所云："没有它，整个世界才是一个梦幻。"

诞生和死亡是自然的两大神秘现象。我们永远不可能真正知道，我们从何处来，到何处去。我们无法理解虚无，不能思议不存在。这就使得我们不仅有必要而且有可能编织梦幻。谁知道呢，说不定事情如我们所幻想的，冥冥中真有一个亡灵继续生存的世界，只是因为阴阳隔绝，我们不可感知它罢了。当柏拉图提出灵魂不死说时，他就如此鼓励自己："荣耀属于那值得冒险一试的事物！"帕斯卡则直截了当地把关于上帝是否存在的争论形容为一场赌博，理智无法决定，唯凭抉择。赌注下在上帝存在这一面，赌赢了就赢得了一切，赌输了却一无所失。反正这是唯一的希望所在，宁可信其有，总比绝望好些。

可是，要信仰自己毫无把握的事情，又谈何容易。帕斯卡的办法是，向那些盲信者学习，遵循一切宗教习俗，事事做得好像是在信仰着的那样。"正是这样才会自然而然使你信仰并使你畜生化。"他的内心独白："但，这是我所害怕的。"又立刻反问自己："为什么害怕呢？你有什么可丧失的呢？"非常形象！说服自己真难！对一个必死的人来说，的确没有什么可丧失的。也许会丧失一种清醒，但这清醒正是他要除去的。一个真正为死所震撼的人要相信不死，就必须使自己"畜生化"，即变得和那些从未真正思考过死亡的人（盲信者和不关心信仰者均属此列）一样。对死的思考推动人们走向宗教，而宗教的实际作用是终止这种思考。从积极方面说，宗教倡导一种博爱精神，其作用也不是使人们真正相信不死，而是在博爱中淡忘自我及其死亡。

我姑且假定宗教所宣称的灵魂不死或轮回是真实的，即使如此，我也不能从中获得安慰。如果这个在我生前死后始终存在着的灵魂，与此生此世的我没有意识上的连续性，它对我又有何意义？而事实上，我对我出生前的生活确实茫然无知，由此可以推知我的亡灵对我此生的生活也不会有所记忆。这个与我的尘世生命全然无关的不死的灵魂，不过是如同黑格尔的绝对精神一样的抽象体。把我说成它的天国历程中的一次偶然堕落，或是把我说成大自然的永恒流变中的一个偶然产物，我看不出两者之间究竟有何区别。

乌纳穆诺的话是不确切的，愿意信仰未必就能信仰，我终究无法使自己相信有真正属于我的不朽。一切不朽都以个人放弃其具体的、个别的存在为前提。也就是说，所谓不朽不过是我不复存在的同义语罢了。我要这样的不朽有何用？

十

现在无路可走了。我只好回到原地，面对死亡，不回避但也不再寻找接受它的理由。

肖斯塔科维奇拒绝在他描写死亡的《第十四交响曲》的终曲中美化死亡，给人廉价的安慰。死是真正的终结，是一切价值的毁灭。死的权力无比，我们接受它并非因为它合理，而是因为非接受它不可。

这是多么徒劳：到头来你还是不愿意，还是得接受！

但我必须做这徒劳的思考。我无法只去注意金钱、地位、名声之类的小事，而对终将使自己丧失一切的死毫不关心。人生只是瞬间，死亡才是永恒，不把死透彻地想一想，我就活不踏实。

一个人只要认真思考过死亡，不管是否获得使自己满意的结果，他都好像是把人生的边界勘察了一番，看到了人生的全景和限度。如此他就会形成一种豁达的胸怀，在沉浮人世的同时也能跳出来加以审视。他固然有自己的追求，但不会把成功和失败看得太重要。他清楚一切幸福和苦难的相对性质，因而快乐时不会忘形，痛苦时也不致失态。

奥勒留主张"像一个有死者那样去看待事物"，"把每一天都作为最后一天度过"。例如，你渴望名声，就想一想你，以及知道你的名字的今人后人都是要死的，便会明白名声不过是浮云。你被人激怒了，就想一想你和那激怒你的人都很快将不复存在，于是会平静下来。你感到烦恼或悲伤，就想一想曾因同样事情痛苦的人们哪里去了，便会觉得为这些事痛苦是不值得的。他的用意仅在始终保持恬静的心境，我认为未免消极。人生还是要积极进取的，不过同时不妨替自己保留着这样一种有死者的眼光，以便在必要的时候甘于退让和获得平静。

思考死亡的另一个收获是使我们随时做好准备，即使明天就死也不感到惊慌或委屈。尽管我始终不承认死是可以接受的，我仍赞同许多先哲的这个看法：既然死迟早要来，早来迟来就不是很重要的了。在我看来，我们应该也能够做到的仅是这个意义上的不怕死。

古希腊最早的哲人之一比阿斯认为，我们应当随时安排自己的生命，既可享高寿，也不虑早折。卢克莱修说："即使你活满多少世代的时间，永恒的死仍在等候着你；而那与昨天的阳光偕逝的人，比起许多月许多年以前就死去的，他死而不复存在的时间不会是更短。"奥勒留说"最长寿者将被带往与早夭者相同的地方"，因此，"不要把按你能提出的许多年后死而非明天死看成什么大事"。我觉得这些话都说得很在理。面对永恒的死，一切有限的寿命均等值。在我们心目中，一个古人，一个几百年前的人，他活了多久，缘何而死，会有什么重要性吗？漫长岁月的间隔使我们很容易扬弃种种偶然因素，而一目了然地看到他死去的必然性：怎么着他也活不到今天，终归是死了！那么，我们何不置身遥远的未来，也这样来看待自己的死呢？这至少可以使我们比较坦然地面对突如其来的死亡威胁。我对生命是贪婪的，活得再长久也不能死而无憾。但是既然终有一死，为寿命长短忧虑便是不必要的，能长寿当然好，如果不能呢，也没什么，反正是一回事！萧伯纳高龄时自拟墓志铭云："我早就知道无论我活多久，这种事情迟早会发生的。"我想，我们这些尚无把握享高龄的人应能以同样达观的口吻说：既然我知道这种事情迟早会发生，我就不太在乎我能活多久了。一个人若能看穿寿命的无谓，他也就尽其所能地获得了对死亡的自由。他也许仍畏惧形而上意义上的死，即寂灭和虚无，但对于日常生活中的死，即由疾病或灾祸造成的他的具体的死，他已在相当程度上克服了恐惧之感。

死是个体的绝对毁灭，倘非自欺欺人，从中绝不可能发掘出正面的价值来。但是，思考死对于生是有价值的，它使我能以超脱的态度对待人生的一切遭际，其中包括作为生活事件的现实中的死。如此看来，对死的思考尽管徒劳，却并非没有意义。

海德格尔的死亡观

一、死亡问题在海德格尔哲学中的地位

叔本华曾经说，死亡的困扰是每一种哲学的源头。这句话至少对于海德格尔哲学是适用的。

当然，每一种试图对人生做总体思考的哲学都不能回避这个问题：既然人生的必然结局是死亡，那么人生的意义何在呢？事实上古往今来许多哲学家都在试图寻找一个答案。但是，以往的哲学家大多是在伦理学范围内思考死亡问题的。海德格尔的特点是，死亡问题对于他具有了一种本体论的意义。

"真正的存在之本体论的结构，须待把先行到死中去之具体结构找出来了，才弄得明白。"（《存在与时间》第53节，以下凡属此节引文均不再注明）"先行到死中去"，或叫"为死而在"，其

含义将在后面分析。海德格尔哲学的宗旨是要通过"此在"（Dasein，意指具体个人的真正的存在）的存在状态的分析，来建立一种"其他一切本体论所从出的基本本体论"。（《存在与时间》第4节）这里又说得很清楚：对死亡问题的分析乃是建立基本本体论的先决条件，毋宁说，本身即基本本体论的重要环节。

海德格尔认为，死作为一种可能性，一方面是"存在之根本不可能的可能性"，它不给个人以任何可以实现的东西，随时会使个人一切想要从事的行为变得根本不可能；另一方面又是"最本己的、无关涉的、不可超过的、虽确实而又不确定的可能性"，任何个人都不能逃脱一死，而"死总只是自己的死"。这样，死就向个人启示了它的存在的根基——虚无。以虚无为根基，也就是毫无根基。

在晚于《存在与时间》两年写的《形而上学是什么？》（1929年）一文中，海德格尔直截了当地把"虚无"作为一个形而上学的问题提了出来。他说，虚无"原始地属于本质本身"，有限的"有"只有嵌入"无"中的境界才能显示自身。如果说形而上学就是超出存在物之上的追问，以求对存在物整体获得理解，那么，追问"无"的问题就属于这种情况。虚无是一切存在物背后的真正本体。所以，"我们追问无的问题是要把形而上学本身展示于我们之前"。个人通过"嵌入'无'中的境界"（与"先行到死中去"同义）而达到对一切存在物的超越，从而显示其真正的存在——此在。"超越存在者之上的活动发生在此在的本质中。此在超越活动就是形而上学本身。由此可见形而上学属于'人的本性'。"

死比生更根本，无比有更根本，只有以死亡和虚无为根本的背景，才能阐明人生的哲学问题。这一主导思想支配着海德格尔，决定了他的哲学具有至深的悲观主义性质。但是，悲观不等于颓废，海德格尔试图赋予他的悲观哲学一种严肃的格调，从死亡问题的思考中发掘出一种积极的意义。他提出了"为死而在"的中心命题。

二、"为死而在"

海德格尔把人的存在方式区分为非真正的存在与真正的存在。非真正的存在就是日常生活中的存在，其基本样式是"沉沦"（Verfallen），这是一种异化状态，个人消散于琐碎事务和芸芸众生之中，任何优越状态都被不声不响地压住，彼此保持一种普遍的平均状态。真正的存在则是个人真正地作为他自身而存在，即此在。与此相对应，对待死亡的态度也有相反的两种，即"非真正的为死而在"与"真正的为死而在"。"非真正的为死而在"表现为对死的担忧，总是思量着死的可能性"究竟要什么时候以及如何变为现实"，忧心忡忡地"退避此不可超过的境界"。这样就是"停留在死的可能性中的末端"，把死的积极意义完全给抹杀了。在海德格尔的术语中，我们可以用"惧怕"（Furcht）这个概念来表示这一对死亡的态度。愈是怕死的人，就愈是执着于日常生活中的在，愈是沉沦于世俗的人事之中，愈是失去自我。这完全是一种消极的态度。

可是，在海德格尔看来，死还是一种有独特启示意义的积极力量。关键在于，"死是此在的最本己的可能性"。正因为死使个人的存在变得根本不可能，才促使个人要来认真考虑一下他的存在究竟包含一些怎样的可能性。一个人平时庸庸碌碌、浑浑噩噩，被日常生活消磨得毫无个性，可是，当他在片刻之间忽然领会到自己的死、死后的虚无，他就会强烈地意识到自身独一无二、不可重复的价值，从而渴望在有生之年实现自身所特有的那些可能性。你在日常生活中可以和他人相互共在，可是"死总只是自己的死"。你试图体验旁人的死，而你体验到的东西正是你自己的死。你死了，世界照旧存在，人们照旧活动，你却永远地完结了，死使你失去的东西恰恰是你的独一无二的真正的存在。念及这一点，你就会发现，你沉沦在世界和人们之中有多么无稽，而你本应当成为唯你所能是的那样一个人。所以，"真正的为死而在"就是要"先行到死中去"，通过在先行中所领会的你的死与世界、与他人无关涉的状态，把你的真正的存在个别化到你身上来。所以，对自身的死的真实领会以"揭露出实际上已丧失在普通人本身的日常生活中了的情况"，把个人从沉沦的异化状态拯救出来，从而积极地自我设计，开展出"最本己的能在"，成为唯这个人所能是的真实的个人。

死是不可超越的可能性。"非真正的为死而在"怯懦地逃避死，"真正的为死而在"却勇敢地"先行到死中去"，这里就有消极与积极、被动与主动之分。死是逃避不了的。可是，在此不可超越的可能性之前，延伸着种种可以实现的可能性。海德格尔认为，正是先行到死中去的真实体验使人从凡人琐事中解脱了出来，"打断了每一种坚持于所已达到的存在上的情况"，从而获得自由，开始对向着自己的死延伸过去的那些可能性进行选择。所以他说：真正的为死而在就是"使自身自由地去为此（不可超过的）境界而先行"，又说"没有'无'所启示出来的原始境界，就没有自我存在，就没有自由"。（《形而上学是什么？》）

一般来说，个人在社会中的异化状态、个人的真实存在、个人的自由是存在主义哲学所关心的课题。而在海德格尔看来，"先行到死中去"这一"真正的为死而在"的方式正是摆脱"沉沦"（异化）、恢复个人的真实存在、赢得个人的自由的途径。这样，"先行到死中去"就是海德格尔哲学的一个关键性命题了。那么，究竟怎样才能"先行到死中去"呢？海德格尔的回答是：依靠一种"焦虑"（Angst）的情绪体验。

三、"惧怕"和"焦虑"

正如把非真正的存在、非真正的为死而在与真正的存在、真正的为死而在加以区分一样，海德格尔把"惧怕"与"焦虑"加以区分。在这些概念之间存在着对应关系。"惧怕"是一种属于非真正的存在的情绪。表现在死亡问题上，就是对死的惧怕，是一种非真正的为死而在的方式。而因为怕死，就更加执着于日常生活中的在，更加沉沦于非真正的存在。惧怕总是指向某种确定的对象，为这对象所局限住，"所以恐惧与怯懦的人是被他现身于其中的东西执着住的。这种人在努力回避此确定的东西时，对其他东西也变得惶惶不安，也就是说，整个变得'昏头没脑'的了"。（《形而上学是什么？》）

既然怕死，就并非真正领会到死的本质即虚无，而仅仅关注着死的现象，诸如临终的痛苦啦，遗产的处置啦，身后家室的安排啦。总之，死仍然被当作人世间的一个不幸事件来对待，失去了对人的真正存在的启示意义。

焦虑却不然。"焦虑与惧怕根本不同"，它是一种真正的为死而在并且启示着真正的存在的"基本情绪"。焦虑无确定的对象，当焦虑的情绪袭来时，人只是感到茫然失措。"我们说不出我对什么感到茫然失措。我就是感到整个是这样。"在焦虑中，周围的一切存在物都变得与己毫不相干了，消隐不见了。这是一种突如其来的无家可归的感觉。我们平时与万物、与他人打交道，以为这纷纷扰扰的身外世界就是自己的家。可是这时，突然升起一种隔膜之感，意识到这并非自己的家。那么，我们的家在哪里呢？根本就没有家。我们突然发现自己在这个世界的生存是毫无根基的，我们从虚无中来，又要回到虚无中去。虚无才是我们的家，可是以虚无为家，不正是无家可归吗？于是，通过这种突然袭来的不知伊于胡底的焦虑之感，我们就在刹那瞥见了虚无本身。所以，海德格尔说："焦虑启示着虚无。""体会到焦虑的基本情绪，我们就体会到此在的遭际了；在此在的遭际中，虚无就可被揭示出来，而且虚无必须从此在遭际中才可得而追问。"（《形而上学是什么？》）

与惧怕相反，焦虑所领会的正是死亡的本质即虚无。在焦虑中个人的真正存在直接面对虚无，从而大彻大悟，不再执着于日常生活中的在，个别化到自身上来。所以，"为死而在，在基本上就是焦虑"。

海德格尔认为，虚无是一切存在物的本质，可是，唯有人这种存在物能够领会此种本质，从而优越于一切存在物。反过来说，倘若人不去领会此种本质，那么他实际上就丧失了自己的优越之处，把自己混同于其他存在物了。这就是沉沦。可是超越于存在物之上的倾向包含在人的本性之中，既然这种超越只能通过焦虑的情绪体验来实现，那么，人的心理中就必然包含着一种"原始的焦虑"。不过，"这原始的焦虑在存在中多半是被压制住的。焦虑就在此，不过它睡着了。"（《形而上学是什么？》）"真正的焦虑在沉沦与公众意见占主导地位时候是罕有的。"（《存在与时间》第 40 节）当然，被压制住不等于消失了。人尽管不自觉地试图靠沉沦于日常生活来逃避虚无，逃避深藏在他本质之中的无家可归的状态，但是虚无和无家可归之感常常暗中紧随着、威胁着他。"焦虑可以在最无痛痒的境况中上升。"（《存在与时间》第 40 节）"原始的焦虑任何时刻都可以在此在中苏醒。它无须靠非常事件来唤醒。它浸透得非常之深，但可能发作的机缘微乎其微。它经常如箭在弦，但真正发动而使我们动荡不安，是极其稀少之事。"（《形而上学是什么？》）在人的一生中，真正被焦虑之感震动，窥见虚无之本体，不过是"若干瞬间"。受此震动的机缘，与其说来自外界，不如说发自内心。这是一种貌似无来由的突发的感触，其来由实际上深藏在人的本性之中。而且，在海德格尔看来，焦虑体验之多少、早晚和强弱，简直取决于个人的优秀程度，反过来也成了衡量个人的优秀程度的标准。这种体验愈多、愈早、愈强烈，就表明个人的存在愈为真实，他愈是保住了真实的自我。与此同时，焦虑取得了超凡入化之功，它向个人启示虚无之本体从而把个人"从其消散于'世界'的沉沦中抽回来了"。

四、存在的悲剧

海德格尔自命要通过"真正的为死而在"来为个人谋划一种真正有意义的存在状态，他获得了什么结果？让我们来清点一下：

死表明存在的真正根基是虚无，我们被虚无抛出，又将被虚无吞没；

我们平时囿于日常生活，对存在的这种毫无根基的状况视而不见，只在某些突如其来的焦虑的瞬间，才对此有所领悟；

一旦有所领悟，我们就先行到死中去，把自己嵌入虚无中，从而发现平时沉沦于日常生活之无稽，力求超越日常生活，实现自己独特的自我。

可是，究竟怎样实现自己独特的自我，或者用海德格尔的话说，怎样"真正地领会选择向着不可超越的可能性延伸过去的那些可能性"呢？在这方面我们得不到任何指示。我们只听说，要做到这一点，首先必须把自己从沉沦中抽出来，也就是摆脱物质世界和社会生活领域，靠焦虑的神秘情绪体验聚精会神于自身存在的意义。可是一则焦虑的体验不是招之即来的，人一生中只在某些预料不到的瞬间才有此种莫名的体验；二则当这种体验袭来时，物质世界和社会领域都隐去了，只剩下一个孤零零的自我直接面对绝对的虚无。此情此景，还有什么可能性可供选择，存在的意义何在？

问题出在哪里呢？

至少可以指出两点：

第一，当海德格尔把虚无视为存在的根基时，他已经事先认定了存在的悲剧性质。毋庸讳言，对能够意识到无限的有限存在物来说，人生的确具有深刻的悲剧性质。然而，这并不妨碍我们在人生的范围之内（而不是在人生的范围之外，即在虚无中）肯定人生，讴歌人生，为人生寻求一种意义。海德格尔也许是试图这样做的。他似乎想说，在虚无的背景下，就格外需要为人生寻求一种意义。可是，他把立足点放在虚无，而不是放在人生，因而为人生寻求意义的努力注定会失败。

第二，有限的个体生命要为自身的存在寻求一种意义，除了从现实的社会生活中寻找，还能从哪儿寻找呢？毫无疑问，个人需要的满足、个人能力的发展，本身有自足的价值，但是这种价值只有在社会生活中才能够实现。而且，个体生命是易逝的，类却是永存的，因而个人存在的意义归根到底还要从个体与类的统一中去寻求。海德格尔把社会生活领域完全视为一个异化的领域，把个人从类中完全孤立出来，这样，既抽去了个人自我实现的内容和条件，又使既然个人必死其生存的意义何在这样一个问题没有了着落，难怪他只能从个人稍纵即逝的神秘的情绪体验中去发现存在的意义了。

海德格尔的死亡观归结起来就是：对死的领会把人从人生中拔出来，投入虚无之中；把人从社会中拔出来，返回孤独的自我。孤独的自我在绝对的虚无中寻找着自己，这就是他对死亡问题的抽象思辨的形象图解。我们终于发现他试图从死亡中发掘的积极意义是虚假的，海德格尔的存在主义是一种深入骨髓的悲观主义哲学。

五、死亡观种种

乘此机会，不妨对哲学史上的死亡观做一简略的回顾。

哲学和诗不同。诗人往往直抒死之悲哀，发出"浮生若梦""人生几何"的感叹。哲学家却不能满足于悲叹一番，对他来说，要排除死亡的困扰，不能靠抒情，而要靠智慧。所以，凡是对死亡问题进行思考的哲学家，无不试图规划出一种足以排除此种困扰的理智态度。

大体而论，有以下几种死亡观：

一、功利主义的入世论。这是一种最明智的态度：死亡既然是不可避免的，就不必去考虑，重要的是好好地活着，实现人生在世的价值。例如，伊壁鸠鲁说："死对于我们无干，因为凡是消散了的都没有感觉，而凡无感觉的就是与我们无干的。""贤者既不厌恶生存，也不畏惧死亡，既不把生存看成坏事，也不把死亡看成灾难。"应当从对不死的渴望中解放出来，以求避免痛苦和恐惧，享受人生的欢乐——肉体的健康和灵魂的平静。斯宾诺莎说，"自由人，亦即纯依理性的指导而生活的人，他不受畏死的恐惧情绪所支配，而直接地要求善，换言之，他要求根据寻求自己的利益的原则，去行动、生活，并保持自己的存在。所以他绝少想到死，而他的智慧乃是生的沉思"，而"不是死的默念"。中国儒家尽人事而听天命的态度亦属此种类型，孔子说"未知生，焉知死"，就是教导人只需关心生，不必考虑死。总之，重生轻死，乐生安死，这种现实的理智的态度为多数哲学家所倡导，并为一般人所易于接受。

二、自然主义的超脱论。这种观点以中国的庄子为典型代表，他主张："齐生死""不知说（悦）生，不知恶死""无古今，而后能入于不死不生"。生死都是自然变化，一个人只要把自己和自然融为一体，超越人世古今之变，就可以齐生死，不再恋生患死了。超脱论与入世论都主张安死，但根据不同。入世论之安死出于一种理智的态度：死是不可避免的，想也没用，所以不必去想，把心思用在现实的人生上。它教人安于人生的有限。超脱论之安死则出于一种豁达的态度：人与自然本是一体，出于自然，又归于自然，无所谓生死。它教人看破人生的有限，把小我化入宇宙的大我，达于无限。所以，超脱论安死而不乐生，对人生持一种淡泊无为的立场。

三、神秘主义的不朽论。从柏拉图到基督教，都主张灵魂不死。这种观念的形成和传播，除了认识论上和社会关系上的原因，不能不说还有情感上的原因，即试图在幻想中排除死亡的困扰，满足不死的愿望。这一派人往往把肉体看作灵魂的牢狱，把死亡看作灵魂摆脱肉体牢狱而回归永生，于是，死亡不足惧怕反而值得欢迎了。

四、犬儒主义的宿命论。以古希腊的犬儒学派（昔尼克派）和罗马斯多亚派表现得最为典型，提倡顺从命运。"愿意的人，命运领着走；不愿意的人，命运牵着走。"（塞涅卡）"人死犹如果子熟落，应当谢谢生出你的那棵树；又如演员演完一出戏，应当心平

气和地退出舞台。"（奥勒留）

五、悲观主义的寂灭论。佛教认为，人生即苦难，苦难的根源是欲望，即生命欲望（生了就不想死）、占有欲望（得了就不想失）。脱离苦海的唯一途径是灭绝欲望，进入涅槃境界。"贪欲永尽，嗔恚永尽，愚痴永尽，一切诸烦恼永尽，是名涅槃。"（《杂阿含经》卷十八）叔本华也以生命意志为苦恼之源，而提倡灭绝生命意志，显然受到佛教的影响。

一般来说，种种死亡观都主张接受死亡，但理由各不相同：或作为一个无须多加考虑的事实来接受（入世论），或作为对自然的复归来接受（超脱论），或作为灵魂升天来接受（不朽论），或作为命运来接受（宿命论），或作为脱离人生苦海来接受（寂灭论）。就对人生的态度来说，入世论肯定人生，主张生命的价值即在其自身，不受死亡的影响，乐观色彩最浓；超脱论齐生死，把生命与死亡等量齐观，达观中蕴含悲观；不朽论鼓吹灵魂不死，实则否定人生，是一种虚假的乐观主义；宿命论、寂灭论都否定人生，悲观色彩最浓。

从哲学上解决死亡问题，关键是寻求有限与无限、小我与大我的某种统一。从这个意义上说，中国儒家从个人与社会的统一中，庄子从个人与自然的统一中，西方基督教从个人与上帝的统一中，都发现了不同意义上的个人之不朽，即个体生命在死后的某种延续。佛教有轮回之说，佛教的本意却在断轮回，永远摆脱生命的苦难，它是承认并且向往绝对的虚无的。佛教是一种彻底的悲观主义哲学。

与上述种种死亡观比较，海德格尔既否定人生（人生在世是非真正的存在），又否认人死后有任何依托（他否认个体与类的统一，也不信神），他的哲学同样是一种彻底的悲观主义哲学。

个人存在的意义无疑是哲学研究的一个严肃课题。但是，一方面把个人从存在的主要领域社会隔离出来，另一方面又把他置于死亡即虚无的背景之下，就不可避免地会陷入悲观主义的深渊。这就是海德格尔的死亡观给我们的教训。

六、从叔本华到海德格尔

在黑格尔之后，德国资产阶级哲学中出现了一种极值得注意的趋向，便是悲观主义抬头，人生虚无的哀音不绝于耳。这是欧洲精神文明的危机拨动了德国人深沉敏感的思想之弦。从叔本华经尼采到海德格尔，德国现代哲学的这三个关键人物在骨子里都是悲观主义者，当然，他们之间又有着一些重要的区别。对他们做一番比较，无疑会有助于理解海德格尔死亡观的实质。

叔本华是一个直言不讳的悲观主义哲学家，甚至可以说，他是近二百年来西方最大的理论上的悲观主义者。叔本华把生命意志视为自在之物，即世界的本质，然而，他对这生命意志是持彻底否定的态度的。理由有二。第一，意志包含着内在矛盾，它意味着欲求，而欲求的基础是需要、缺陷，也就是痛苦。所以，意志在本质上就是"一种没有目标、没有止境的挣扎"，一切生命在本质上即痛苦，作为意志最完善的客体化的人则痛苦最甚。第二，意志在本质上又是虚无的，它的种种现象，包括人的个体生命在内，均是幻影。人的个体生存一开始就是一种"慢性的死亡"，"到了最后还是死亡战胜"。死亡好比猫戏老鼠，在吞噬我们之前先逗着我们玩耍一阵。人生好比吹肥皂泡，明知一定破灭，仍然要尽可能吹大些。生命是满布暗礁和漩涡的海洋，人在力图避开这些暗礁和漩涡的同时，却一步一步走向那最后的不可避免的船沉海底。叔本华由此得出结论：一旦我们认识到意志的内在矛盾及其本质上的虚无性，便可自愿地否定生命意志，从而欢迎作为意志之现象的肉体的解体，即死亡。在这个意义上，他推崇禁欲为最高美德，甚至赞扬由极端禁欲而致的自杀。他认为，虚无，即印度教的"归入梵天"、佛教的"涅槃"，是"悬在一切美德和神圣性后面的最后鹄的"。

尼采是从叔本华出发开始其哲学活动的，他事实上接受了叔本华悲观主义的两个基本论点，即生命在本质上是痛苦，必死的个体生命在本质上是虚无。不过，他不满意叔本华赤裸裸否定人生的消极结论，而试图为人生提供一种意义，指出一条自救之路。为此他诉诸艺术。尼采早期提出艺术起源于日神（梦）和酒神（醉）二元冲动说，便是立意要说明艺术对于人生的本体论意义。后来他又提倡强力意志说。强力意志说与叔本华的生命意志说的根本区别就在于，在叔本华那里，生命意志是一种盲目的冲动和挣扎，是全然没有意义的、必须加以否定的；在尼采那里，意志获得了一个目标，即强力。这里强力的本义是生命的自我肯定和自我扩张。而在尼采看来，强力意志最生动直观的体现仍然是艺术。不过，尼采以艺术肯定人生，本身是以默认人生的悲剧性质为前提的，而这种肯定说到底也只是靠艺术幻觉（梦）和艺术陶醉（醉）来忘却个体生命的痛苦和虚无罢了。尼采还曾经试图用强力意志的永恒轮回说来抵制虚无的观念，足见虚无问题是如何折磨着他的心灵。

我们看到，叔本华直截了当地渲染人生的痛苦和虚无，主张立足于虚无而否定、"解脱"这痛苦的无意义的人生；尼采主张用艺术肯定人生，立足于人生而对抗人生的痛苦和虚无。与他们相比，海德格尔的悲观主义有所不同。他和叔本华一样主张立足于虚无，但不是要否定人生，反而是要肯定人生。他和尼采一样主张肯定人生，但不是立足于人生，反而是立足于虚无。叔本华想说明：人生既然在本质上是虚无，就应该自觉地皈依这虚无，摒弃人生一切虚幻的痛苦和欢乐。尼采想说明：人生尽管在本质上是虚无，却仍然可借艺术的美化作用而获得其价值。海德格尔想说明：人生唯其在本质上是虚无，个人才理当无牵无挂，有设计自己的存在方式的自由，可以从非真正的存在向真正的存在"超越"。对叔本华来说，虚无彻头彻尾是消极的，并且决定了人生是消极的。对尼采来说，虚无同样是消极的，但是不能因此抹杀人生有某种积极意义。唯独在海德格尔那里，虚无似乎获得了一种积极的性质。他不去议论虚无本身的可悲，仅限于挖掘它启示个人返回自身的作用。然而，我们已经指出，这并不能掩盖海德格尔哲学的悲观主义实质。

父亲的死

一个人无论多大年龄时没有了父母，他都成了孤儿。他走入这个世界的门户，他走出这个世界的屏障，都随之塌陷了。父母在，他的来路是眉目清楚的，他的去路则被遮掩着。父母不在了，他的来路就变得模糊，他的去路反而敞开了。

我的这个感觉，是在父亲死后忽然产生的。我说忽然，因为父亲活着时，我丝毫没有意识到父亲的存在对于我有什么重要。从少年时代起，我和父亲的关系就有点疏远。那时候家里子女多，负担重，父亲心情不好，常发脾气。每逢这种情形，我就当他面抄起一本书，头也不回地跨出家门，久久躲在外面看书，表达对他的抗议。后来我到北京上学，第一封家信洋洋洒洒数千言，对父亲的教育方法进行了全面批判。听说父亲看了后，只是笑一笑，对弟妹们说："你们的哥哥是个理论家。"

年纪渐大，子女们也都成了人，父亲的脾气是愈来愈温和了。然而，每次去上海，我总是忙于会朋友，很少在家。就是在家，和父亲好像也没有话可说，仍然有一种疏远感。有一年他来北京，一个天气晴朗的日子，他突然提议和我一起去游香山。我有点惶恐，怕一路上两人相对无言，彼此尴尬，就特意把一个小侄子也带了去。

　　我实在是个不孝之子，最近十余年里，只给家里写过一封信。那是在妻子怀孕以后，我知道父母一直盼我有个孩子，便把这件事当作好消息报告了他们。我在信中说，我和妻子都希望生个女儿。父亲立刻给我回了信，说无论生男生女，他都喜欢。他的信确实洋溢着欢喜之情，我心里明白，他也是在为好不容易收到我的信而高兴。谁能想到，仅仅几天之后，就接到了父亲的死讯。

　　父亲死得很突然。他身体一向很好，谁都断言他能长寿。那天早晨，他像往常一样提着菜篮子，到菜场取奶和买菜。接着，步行去单位处理一件公务。然后，因为半夜里曾感到胸闷难受，就让大弟陪他到医院看病。一检查，广泛性心肌梗死，立即抢救，同时下了病危通知。中午，他对守在病床旁的大弟说，不要大惊小怪，没事的。他真的不相信他会死。可是，一小时后，他就停止了呼吸。

　　父亲终于没能看到我的孩子出生。如我所希望的，我得到了一个可爱的女儿。谁又能想到，我的女儿患有绝症，活到一岁半也死了。每想到我那封报喜的信和父亲喜悦的回应，我总感到对不起他。好在父亲永远不会知道这幕悲剧了，这于他又未尝不是件幸事。我自己做了一回父亲，体会了做父亲的心情，才内疚地意识到父亲其实一直有和我亲近一些的愿望，却被我那么矜持地回避了。

短短两年里，我被厄运纠缠着，接连失去了父亲和女儿。父亲活着时，尽管我也时常沉思死亡问题，但总好像和死还隔着一道屏障。父母健在的人，至少在心理上会有一种离死尚远的感觉。后来我自己做了父亲，却未能为女儿做好这样一道屏障。父亲的死使我觉得我住的屋子塌了一半，女儿的死又使我觉得自己成了一间徒有四壁的空屋子。我一向声称一个人无须历尽苦难就可以体悟人生的悲凉，现在我知道，苦难者的体悟毕竟是有着完全不同的分量的。

神圣的交流

一个人患了绝症，确知留在世上的时日已经不多，这种情形十分普通。我说它十分普通，是因为这是我们周围每天都在发生的事情，也是可能落到我们每一个人头上的命运。然而，它同时又是极其特殊的情形，因为在一个人的生命中，还有什么事情比生命行将结束这件事情更加重大和不可思议呢？

在通常情况下，我们会发现，这时候在患者与亲人、朋友、熟人之间，立即笼罩了一种忌讳的气氛，人人都知道那正在发生的事情，但人人都小心翼翼地加以回避。这似乎是自然而然的。可是，这种似乎自然而然形成的气氛本身就是最大的不自然，如同一堵墙将患者封锁起来，阻止了他与世界之间的交流，把他逼入了仿佛遭到遗弃的最不堪的孤独之中。

事实上，恰恰是当一个人即将告别人世的时候，他与世界之间最有可能产生一种非常有价值的交流。这种死别时刻的精神交流几乎具有一种神圣的性质。中国古语说："人之将死，其言也善。"我是相信这句话的。一个人在大限面前很可能会获得一种不同的眼光，比平常更真实也更超脱。当然，前提是他没有被死亡彻底击败，仍能进行活泼的思考。有一些人是能够凭借自身内在的力量做到这一点的。就整个社会而言，为了使更多的人做到这一点，便有必要改变讳言死亡的陋习，形成一种生者与将死者一起坦然面对死亡的健康氛围。在这样的氛围中，将死者不再是除了等死别无事情可做，而是可以做他一生中最后一件有意义的事，便是成为一个哲学家。我这么说丝毫不是开玩笑，一个人不管他的职业是什么，他的人生的最后阶段都应该是哲学阶段。在这个阶段，死亡近在眼前，迫使他不得不面对这个最大的哲学问题。只要他能够正视和思考，达成一种恰当的认识和态度，他也就是一个事实上的哲学家了。如果他有一定的写作能力，那么，在他力所能及的时候，他还可以把他走向死亡过程中的感觉、体验、思想写下来，这对于他自己是一个人生总结，对于别人则会是一笔精神遗产。

值得欢迎的是，在中国大陆，也已经有人在这方面做出了榜样。一般来说，我不赞成在生前发表死亡日记一类的东西，因为媒体的介入可能会影响写作者的心态，损害他的感受和思想的真实性。这种写作必须首先是为了自己的，是一个人最后的灵魂生活的方式。当然，它同时也是一种交流，但作为交流未必要马上广泛地兑现，而往往是依据其真实价值在作者身后启迪人心。不过，如果作者确实是出自强烈的内在需要而写作的，那么，他仍能抵御外来的干扰而言其心声。我相信陆幼青就属于这种情况，并对他的勇气和智慧怀着深深的敬意。

平凡生命的绝唱

　　一个充满青春活力的少女突然患了肺癌，发现时已是晚期，死于十六岁半。十年后，她的母亲写了《我们在天堂重逢》这本书，回忆了女儿从发现患病到去世的一年中的经历。作者不是一个作家，只是一个母亲，也许这正是本书的一个优点，用拉家常一样朴素的笔触来叙述一个悲伤的家庭故事，自有一种震撼人心的力量。事实上，我们平凡生活中的一切真实的悲剧都仍然是平凡生活的组成部分，平凡性是它们的本质，诗意的美化必然导致歪曲。

　　读完这本书，最使我难忘的是伊莎贝尔临终前的表现。自从知道自己患了绝症，这个十六岁的少女怀着最强烈的求生的渴望，积极配合治疗，经受了多次化疗的痛苦折磨，但未能阻止病情的恶化。有一天，她接受了一次肺部透视检查，结果表明肿瘤已进一步扩散。她当即平静地做出了安乐死的决定，并要求立即执行。医生把针头插进了她的血管，点滴瓶里的药物将使她逐渐睡去，不再醒来。在神志还清醒的几十分钟里，她始终平静而又风趣地和守在周围的亲人交流。她告诉弟弟，当他第一次幽会的时候，她会坐在他的肩膀上悄悄耳语，替他出谋划策。她祝愿家人幸福，并且许诺说，如果他们的生活中出现什么问题，她会跟亲爱的上帝稍微调调情，让上帝通融一下。她分别与爸爸和妈妈约定每天会面的时刻。她问妈妈，她到了天堂，从未见过面的外公外婆是否会认识她。她的声音越来越微弱，终于沉入寂静，而她的生命是在两天后结束的。

　　这个临终的场面是感人至深的。年仅十六的伊莎贝尔能够如此有尊严地走向死亡，她的勇气从何而来？以她的年龄，她不可能对生死问题做过透彻的思考。她也不是一个虔诚的基督徒，并不真正相信死后的生命。在她弥留期间，有人送来几本关于死后生命的书，她不屑一顾，在日记里写道："我才不会去读那些破书呢。"她还叮嘱过母亲，在她死后，倘若牧师想安慰他们，就给他读她的日记，因为"这样可以免去一些废话"。书中收录了这些日记，而我们读到，直到实施安乐死的当天，她在日记里表达的仍是对治愈的盼望和对死的恐惧。不，她没有找到任何理由使自己乐于接受死。然而，当她看清死的不可避免时，仿佛在一瞬间，她坦然了。关于她最后的勇气的来源，作者分析得对："你的坦然之所以成为可能，是因为受了那个最重大的决定的影响：我们一直生活在真实中。"在整个过程中，医生和家人没有向病人隐瞒任何事情，彼此有着最深的沟通。我相信，正是在这样一种信任氛围的鼓励下，在伊莎贝尔的内心深处，有一种伟大的自尊悄悄地、以她自己也觉察不到的方式生长起来了，并在最后的时刻放射光芒。

书中还有一个情节是必须提一下的。在准备实施安乐死之时，伊莎贝尔的弟弟从外地赶到了医院。他无论如何不能接受眼前的事实，请求医生继续对姐姐进行治疗。这时候，做母亲的心痛欲碎，却用异常坚定的口气说："凡是不尊重伊莎贝尔自己的决定的人，一律不准进入她的病房。"读到这里，我不由得对这位母亲充满敬意。毫无疑问，在女儿的血管中流着这位平凡母亲的高贵的血。

这本书讲述的是一个德国故事，我在读时常常想到，在中国的许多家庭里，也曾经或者正在上演类似的故事。多么年轻美丽的生命，突然遭遇死症的威胁，把全家投入惊慌和悲痛之中，这是人世间最平常也最凄怆的情景之一。无论谁遭此厄运，本质上都是无助的，在尽人事之后，也就只能听天命了。想到这一点，我真是感到无奈而又心痛。

哲学与人生

我十七岁进北大，读的是哲学系，毕业以后被分配到广西的一个山沟里，在那里待了十年，然后又回来，考研究生到社科院，基本上一直在做哲学的工作。我自己对人生的问题很感兴趣，经常有很多困惑，我的专业和我的这种性情是一致的。

我觉得，凡是重大的哲学问题，实际上都是困扰着灵魂的问题，哲学之所以有存在的必要，就是为了把这些问题弄明白。哲学的追问是灵魂在追问，而不只是头脑在追问；寻求的不仅是知识，更是智慧，也就是人生觉悟。每个人需要哲学的程度，或者说与哲学之间关系密切的程度，取决于他对精神生活看重的程度、精神生活在他的人生中所占的位置或比重。那种完全不在乎精神生活的人，那种灵魂中没有问题的人，当然就不需要哲学。不过，我相信，这样的人应该是很少的。

笼统地说，哲学有两个大的领域，一个是对世界的思考，追问世界到底是什么；另一个是对人生的思考，追问人生到底有什么意义，怎样活才有意义。不过，对世界的思考归根到底也是对人生的思考。和科学不同，哲学探索世界的道理不是出于纯粹求知的兴趣，而是为了解决人生的问题。"我们从哪里来？我们到哪里去？我们是谁？"这个问题隐藏在一切哲学本体论的背后。世界在时间上是永恒的，在空间上是无限的，一个人的生命却极其短暂，凡是对这个对照感到惊心动魄的人基本上就有了一种哲学的气质。那么，他就会去追问世界的本质，以及自己短暂的生命与这个本质的关系，试图通过某种方式在两者之间建立起一种联系。如果建立了这种联系，他就会觉得自己的生命有了着落，虽然十分短暂，却好像有了一个稳固的基础、一种永恒的终极的意义。否则，他便会感到不安，老是没有着落似的，觉得自己的生命只是宇宙间一个没有任何意义的纯粹的偶然。正是在这个意义上，我们把哲学对世界本质的追问称作终极关切。

我们以前有一个说法，说哲学是关于世界观和人生观的学问。我的看法是这样的，我觉得这个说法基本上是对的，没有错。但是可能我们以前有一个问题，就是把世界观和人生观都看得太狭窄了，世界观往往被归结为无产阶级世界观和资产阶级世界观两种，人生观就是为人民服务，非常简单。哲学是对世界和人生的整体性思考，在这个意义上的确就是世界观和人生观。世界观和人生观，我特别强调这个"观"字，就是要用自己的眼睛去看。看什么呢？看世界的全局，人生的全局。我们平时是不看世界的全局和人生的全局的，我们总在做着手头的事，我们被所处的环境支配着，很少跳出来看全局。所谓哲学思考，我觉得就是要从自己正在做的事情中，从正在过的生活里面跳出来，看一看世界和人生的全局，这样才有一个坐标，然后才能知道自己做的事是不是有意义，自己过的生活是不是有意义，应该怎样生活才有意义。我觉得哲学是这样，不让人局限在自己直接生活的那么一个小的天地里，而让人从里面跳出来看一看大的天地。

在西方哲学史上，希腊早期的哲学家更多思考的是世界本质的问题、宇宙的问题。从苏格拉底开始，人生的问题突现出来了，用古罗马哲学家西塞罗的话来说，苏格拉底把哲学从天上引回到了地上。从此以后，在多数哲学家那里，人生问题占据着重要地位，还有一些哲学家主要就讨论人生问题。

我觉得人生哲学的根本问题，说到底就是两个问题，一个是生与死的问题，生命与死亡的问题；另外一个是灵与肉的问题，灵魂与肉体的问题，中国哲学里叫作身心关系问题，身体和心灵的关系问题。其实，不管是哪一种人生哲学，包括宗教在内，始终是想解决这两大问题——生和死的问题、灵和肉的问题。人生的种种困惑，说到底也都是由这两大问题引起的。关于这两个问题，各派哲学和不同宗教当然有各种说法，但是我想有两条道理是公认的，所有的哲学和宗教都承认的。从生和死的问题来说，都承认人是要死的，这是第一条公认的道理。从灵和肉的关系来说，在不同程度上都承认人是有灵魂的，这是第二条公认的道理。当然，这不一定是指基督教所说的那种不死的灵魂。所谓人有灵魂，是说人有比肉体生活更高的生活，人应该有那样的生活，我想这一点是各派哲学和宗教都承认的，否则要哲学和宗教干什么，哲学和宗教就是为了寻求比肉体生活更高的生活才存在的。这两条道理都很简单，但我们平时往往忘记了这两条道理，所以遇到事情就想不开。其实，许多其他的道理都可以从这两条道理推出来，如果我们记住了这两条道理，就可以解决人生的大部分问题。

下面我就分两个问题来讲，讲这两条似乎很简单其实确是最重要的人生道理。

一、生与死

人生哲学首先回避不了的就是生与死的问题。我想，每一个人、每一个生命来到世界上，最后的结果是死亡，从生命的本能来说，人人都会有对死亡的恐惧，这是不可避免的，其实也是不必羞愧的。那么，怎样面对死亡？既然最后的结果是死亡，人生到底还有什么意义？生命有没有超越死亡的意义，即在某种意义上达于不朽呢？我们必然会遭遇这些问题。

我承认，我自己从小就被这个关于死的问题困扰着。也许很小的时候，看到家里或邻居的老人死了，不一定和自己联系起来，觉得死和自己是没有关系的。但是总有一天，你知道自己也是会死的，那个时候，实际上心里面受到的震动是非常大的，就像发生了一次地震。我自己就有过这样的经验。我记得我上小学的时候，大概六七岁吧，突然明白自己将来也是会死的，于是就有了一个疑问：既然现在经历的这些快乐有趣的事情都会消逝，最后的结局是死，生活到底有什么意义？在一段时间里，我就老想否认死亡，想让自己相信我是不会死的。我们那时候有常识课，教各种常识，其中包括生理卫生常识，老师把人体解剖图挂在黑板上，我一看，人的身体里面是这样乱七八糟啊，难怪人是要死的。我就对自己说，我的身体里肯定是一片光明，所以我是不会死的。当然这是自欺，自欺是长久不了的，越是想否认死，其实越证明自己对死已经有了清楚的意识。所以后来，仍是上小学的时候，历史课老师讲释迦牟尼，讲他看到生老病死以后感到人生无常，人生就是苦难，因此出家了。我当时听得眼泪汪汪，心想他怎么想得跟我一样，真是我的知音，我们想的是同样的问题。我怎么就没有生活在他那个年代呢？如果我生活在他那个年代，我们一定会是好朋友。从那以后，我对死的问题就想得很多了。

不过呢，我只是自己偷偷想，偷偷苦恼。我觉得没法跟人说这个问题，跟谁说呀，人家会说你小小的年纪胡思乱想。直到长大了，读了西方哲学，我才知道，死亡问题是一个重要的哲学问题，哲学家们有许多讨论。苏格拉底和柏拉图甚至认为，哲学就是预习死亡，为死做好准备。他们的意思是说，一个人如果把死亡问题想明白了，在哲学上就通了。不过，我们中国人往往回避这个问题，大概一是认为想这个问题不吉利，二是觉得想了也没用，想得再多到头来还是要死。依我看，所谓不吉利，其实是恐惧和回避。至于想得再多还是要死，这当然是事实，但不等于想了没用，我自己觉得想这个问题是有收获的，会让人对人生看得明白一些。

从中国和西方的哲学史上来看，对于死亡问题、生死问题有些什么观点呢？我归纳了一下，大概有五种观点，有五种类型的生死观。

一种是入世论。入世，就是投入到这个世界里，好好地活，不要去想死后怎么样。这种观点看起来是很乐观的，对人生抱乐观的态度，认为人生本身是有意义的，人生的意义不受死亡的影响，死亡不会取消这个意义。这样的观点，西方和中国都有。比如西方享乐主义哲学的创始人、希腊哲学家伊壁鸠鲁，他说：死亡是和我们没有关系的，因为我们活着的时候还没死，感受不到死，等我们死了的时候，我们就不存在了，所以也无所谓痛苦。因此，我们没有必要去想它，活的时候好好活，享受人生的快乐。人生的快乐，用他的话来说，就是身体的无痛苦和灵魂的无纷扰，身体健康、灵魂安宁就是快乐。想死亡的问题，老是担惊受怕，就是对灵魂的最大纷扰，所以要排除掉。我们中国的儒家也是这样看的，重生轻死，主张活着的时候好好地安排生活，死的问题不是自己能够做主的，就不要去多想了，所谓"尽人事，听天命"就是这个意思，死亡是天命的事情，听从就是了。那么，总还有这样一个问题存在：一个人的生命是有限的，活着时所做的一切，你觉得有意义的一切，你一死就都不存在了，至少对你来说是这样。那么，你所做的一切到底有什么意义，你曾经有过的生命到底有什么意义？儒家对这个问题的回答是，尽管人有一死，但是人的所作所为还会对社会继续产生作用，所以仍然是有意义的。儒家有"立功""立言""立德"之说，你活着的时候，为社会多做实事，或者是写书，留下著作，或者最高的境界是做一个有道德的人，这些都会对后世产生影响。因此，它基本上是在社会的层面上来解决这个所谓不朽的问题的，人虽然死了，但你的事业传承下去了，你的品德、你的著作、你的功业对后人产生了影响，这就是不朽。实际上马克思主义也是持这样的观点，总的来说，马克思、恩格斯、列宁基本上都不谈论死亡问题，人生的意义是从社会的层面来解决的。

　　另一种观点是宿命论。入世论对人生是比较乐观的，宿命论有一点悲观，准确地说，在悲观和达观之间，有点悲观，但还是比较豁达的。宿命论的最典型代表是古希腊罗马的斯多亚派。斯多亚派的看法是，既然是自然规定人必定会死去，人就要顺从自然，服从自然的命令，对于命中注定的事情要心甘情愿地接受。古罗马哲学家塞涅卡说：愿意的人，命运领着走；不愿意的人，命运牵着走。我们只要是自己愿意，让命运领着走，把被动变成主动，就不会痛苦了。老是抗拒命运，不肯死，那就痛苦得很。对于大自然规定了的事情，我们不要太动感情，要做到不动心。人死就好像旅客离开寄宿的旅店，果实熟透了从树上掉落，演员演完戏退场，是最自然的事情，应该视死如归，无非是回到原来出发的地方，回到你还没有出生时的状态。在古希腊罗马哲学家里，很可能在所有西方哲学家里，斯多亚派对死亡问题谈得最多，他们的基本观点就是这样，要我们尽量想明白死是一件最自然的事情，我们应该心甘情愿地接受，以一种平静的心情来迎接死亡。

　　上面两种观点都承认生和死的界限，认为生和死之间是有界限的，生和死是截然不同的，但问题是死是不可避免的，所以我们就或者不要去想它，或者坦然地接受它，总之主张以一种理智的态度对待死亡。这实际上是大多数哲学家的看法。

下面还有三种观点，它们力图要把生和死的界限打破，认为生和死是没有界限的，生和死是一回事。这是下面三种观点的共同点。

一种是超脱论，就是要超脱死亡。这是一种达观的观点，不能说它乐观，也不能说它悲观，它就是很看得开。这种观点的典型代表是我们中国的哲学家庄子。《庄子》里有一章就讲"齐生死"，把生和死等同起来，生死是一回事。庄子说，"死生为一条"，"无古今，而后能入于不死不生"。意思是人应该超越时间，无所谓昨天、今天、明天，你不生活在时间之中，你也就超越生死、不死不生了。我认为庄子的这种观点是审美性质的，他要求进入的那种境界，把小我化入宇宙的大我里，融为一体，实际上是一种审美性质的精神体验，所以他是用审美的方式解决生与死的问题的。他不是真的要肉身不死，而是追求一种超越生死的感觉和心境。后来道教企图通过炼丹、求仙真的让肉身不死，长生不老，就完全是另一回事了。道家是一种哲学，不是宗教。道教也不是宗教，而是方术和迷信。在西方哲学中，与庄子比较相近的好像只有尼采，他也是用审美的方式来解决生死问题。他认为，不要把个体的死亡看得太重要，宇宙生命是永远生生不息、永远在创造的，你要站在宇宙生命的角度，和它融为一体去体会。当我们体会到它不断创造不断毁灭的快感时，我们就会感到快乐，而不会感到痛苦了。这就是所谓的酒神精神。不过，尼采和庄子还是有很大的不同。庄子眼中的大自然是平静的、无为的，所以他的审美态度比较消极，偏于静；而尼采眼中的世界意志是不断创造的，他的态度就偏于动，强调创造和有为。不过，在审美态度这一点上是相同的，追求的都是一种超越生死的心境。

上面三种观点都属于哲学，无论理智的态度还是审美的态度，都是从哲学的立场上解决生死问题。理智的态度是跟你讲道理，要你想明白；审美的态度是给你编梦境，要你装糊涂。反正我觉得，靠哲学是不能彻底解决死亡问题的，彻底解决恐怕还得靠宗教。宗教的解决办法也是打破生和死的界限，但不像审美态度那样模棱两可、似是而非，它打破得很彻底、很绝对，完全把生和死等同起来了。当然，信不信由你。

宗教打破生死界限有两种方式。一种是灵魂不朽论，就是主张灵魂不死。这主要是基督教的主张，当然在基督教之前，柏拉图实际上也是这样主张的。这种观点认为，尽管人的肉体是会死亡的，但是人的灵魂是不死的，人的灵魂本来就是从天国来的，或者用柏拉图的话说，是从理念世界来的，死了以后还要回到那个世界去，回到天国去，回到上帝那里去。另一种是寂灭论，或者说虚无论，典型的代表是佛教。基督教和佛教都是宗教，但是对生死问题的看法正好相反。

基督教似乎是很乐观的，它相信人本质上是不死的，生和死都是有，都是存在，根本不存在所谓虚无这种情况。活着的时候，灵魂寄居在我们的肉体里面，受肉体的束缚，肉体就像是一座监狱，灵魂很不自由。死亡实际上是灵魂从肉体的束缚中解脱出来了，从监狱里放出来了，自由了，从此生活在一个纯粹的精神世界里也就是天国里了。因此，如果说生是一种存在的话，那是比较低级的存在，而死后是一种更高级的存在。所以，死亡不仅不需要害怕，还应该欢迎它。

相反，佛教是十分悲观的，可能是所有的哲学和宗教里最悲观的一种思想，它认为无论生和死都是无。你看，这一点正好与基督教相反，基督教说生和死都是有，根本没有虚无这回事；佛教则认为生和死都是无，只有虚无这回事。你以为你活着、存在着，其实那是假象。你活着只是因为一些非常偶然的因素暂时凑在了一起，产生了你的个体生命，因缘而起，因缘而灭，这些偶然的因素一消散、一分开，你就不存在了。所以，人的生命其实是一个假象，是一种幻象，我们要看破它，看破红尘，看破这个我们受其迷惑、万般看重的所谓的"我"。佛教有个基本的观点就是"无我"，要让你从"我执"也就是对"我"的执迷中解脱出来。当然，佛教还有轮回之说，人死以后，灵魂还在，又会去投胎，但是佛教真正的主张是要断轮回，认为轮回的过程还是在迷惑之中，还是在虚假的存在之中。最高的境界是断掉轮回，归于寂灭，这就是涅槃。在佛教看来，生和死都是无，但是生是低级的无，死是高级的无，当然这种死，这种高级的无，是要经过修炼以后、觉悟以后、真正看透了人生以后才能达到的，那是彻底摆脱了生命欲望、摆脱了转世轮回的一种状态。只有从轮回中摆脱出来，才能进入真正的高级的无。所以，在佛教看来，死亡没有什么可怕的，生命本来就是虚幻的东西，你要从这种迷误中走出来，看明白四大皆空。我觉得想要真正解决死亡问题，佛教是比较彻底的。基督教没有办法证明上帝的存在，而佛教把无看成一种根本的东西，从哲理上来说，我觉得是更站得住脚的。很多人都认为佛教是一种宗教，其实佛教是一种哲学，而且是一种非常彻底的哲学。

关于生死观，我大致整理了一下，基本上有这么五种。我在这里没有详细展开，主要是想说明一点，就是对于生死问题，哲学和宗教有不同的解决方式，你可能觉得某一种观点比较有道理，你也可能觉得没有一种能够真正地说服你。这没有什么关系，其实，从我自己来说，我也没有接受其中任何一种说法，我仍然觉得自己没有想通死的问题。尽管如此，我们应该有的态度是不要回避。我曾经写过一篇文章，题目是《思考死：有意义的徒劳》。思考死也许是徒劳的，最后还是没有想通，但这是一种有意义的徒劳。

那么，思考死究竟有什么意义呢？我觉得起码有两方面的意义。一个是可以使我们更加积极进取地面对人生。思考死不一定是让人消极的，它完全可以让人更积极。我们平时很少想这个问题，老觉得自己好像永远不会死似的，日子好像是无限的。其实这样并不好，可能会使人浑浑噩噩。人的生命毕竟是有限的，通过思考死，等于把人生的全景看了一遍，也看到了人生的界限，就可以从这个全景和这个界限出发，考虑怎样活得更积极、更真实。西方一些现代的哲学家，比如尼采、海德格尔，都很强调思考死亡问题对于人生的积极意义。尼采说过，人们往往因为懒惰或者懦弱而没有自己的主见，躲在习俗和舆论的背后，按照习俗和舆论的要求去生活。可是一旦你想到，自己总有一天是要死的，你死了以后不可能重新再活一遍，你就会明白，为了那些习俗和舆论把你独特的自我牺牲掉是多么不值得。你的心里就会有个呼声，就是要成为你自己。海德格尔也有一个很著名的观点，就是为死而在，或者叫先行到死中去。他说人平日里浑浑噩噩的，让自己沉沦在日常生活当中，和他人共在，但是有的时候你会突如其来地有一种莫名的焦虑，不知道是怎么回事，就是感到烦，这很可能是因为你在无意识中触及了你自己的死，触及了你是从虚无中来还要回到虚无中去这样一个事实。你应该抓住这样的时机，自觉地去思考，不要逃避。他的观点和尼采是一样的，就是生活你可以和别人混在一起，但死亡只能是你自己的死亡，没有人能替代，死去的一定是这个独一无二的你。想到了这一点之后，你就要想一想作为独特的你的人生有些什么可能性。所谓先行到死中去，就是要先设想自己已经死了，一切可能性都没有了，再回过头来看你的人生该怎样过，哪些可能性对于你是最好的、最重要的。我经常说，想到自己的死，就会意识到一个人最根本的责任心是对自己的人生负责，我说的也是这个意思。

思考死亡问题的另一方面意义是能够使人对人生更超脱。我认为一个人活在世界上，不能光有进取积极的一面，还应该有超脱的一面。只有进取的一面，没有超脱的一面，结果会很可悲，一旦遭受挫折就很容易垮掉。当然，只有超脱的一面，没有进取的一面也不好，那样会活得很没有乐趣。应该是既进取，又超脱，思考死就能使我们在积极面对人生的同时，也时常跳出来看人生，做到超脱。古罗马皇帝、斯多亚派哲学家奥勒留曾经说，一个人应该经常用"有死者"的眼光来看一看事物。譬如说，你跟人家吵架，为一件事情或者为利益打得你死我活，不可调和，你就想一想一百年以后你们都在哪里？想到这一点，你就吵不下去了。你为一件事情很痛苦，比如失恋了，或者事业受了重大挫折，你就想一想以前为同样的事情痛苦的人都到哪里去了？你就会觉得再为这种事情痛苦是不值得的了。当然，如果一个人老是用这样的眼光看事物，那就什么也别做了，太消极了。但是我要说，你有必要为自己保留这样的眼光，人生总有不顺的时候，甚至遭到重大挫折的时候，那时候这样的眼光是用得上的。用终有一死的眼光来看，人生的成败也好，祸福也好，都是过眼烟云，没有必要太看重。所以，经常思考死的问题，一个人能够既积极又超脱，不妨好好地在这个世界上奋斗，好好地过一生，活得精彩一点，但是如果出现了自己不能控制的因素，遇到了重大的灾难，那时候就能够跳出来看，你的生命力反而是更加坚韧的。

我感到我从哲学那里的确得到了很大的帮助。我的生活中有过很大的挫折，有的人也许看过我的书《妞妞：一个父亲的札记》。当时我的孩子出生不久就被发现患有先天性的癌症，只活了一年半，这一年半里真是像地狱一般的生活，但我相信是哲学救了我，使我能够尽量跳出来看所遭遇的事情。站到永恒的角度，站到宇宙的角度，来看自己遭遇的一个苦难，就会觉得它很小。所以，我说，哲学是一种分身术，一个人有哲学思考的习惯，就能够把自己分成两个人，一个是肉身的自我，这个自我在世界上奋斗，在社会上沉浮，有时候痛苦，有时候快乐；另外还有一个我，是更高的自我、理性的自我、精神的自我，这个自我可以经常从上面来看肉身自我的遭遇，来开导他。我想，这一点特别重要。古希腊有个哲学家叫芝诺，人家问他：谁是你的朋友？他回答说：另一个我。学哲学就是要让这另一个自我强大起来，使他成为自己最可靠、最智慧的朋友，能够经常和自己谈心，给自己提供指导。如果这样的话，走人生的路就会更加踏实，更加明白。

二、灵与肉

不管是哪一派哲学家都承认，人是有灵魂生活的，也就是有比肉体生活更高的生活，只是承认的程度有所不同。肉体生活就是生存，食宿温饱之类，这基本上是动物性的，是人的动物性的一面。但是人不能光有这样的生活，如果光有这样的生活，人会感到不满足。只要人解决了生存问题，如果还让人仅仅过这样的生活，没有更高的生活，人就会感到空虚。这应该是人和动物的一个最根本的区别，人不光要生存，而且要为生存寻找一个比生存更高的意义；人不光要活着，而且要活得有意义。恐怕在所有的生物里面，只有人是这样的，只有人是谈论意义的，只有人是追求意义的。

我说的灵魂生活是指对生活意义的追求，要为生存寻找一个高于生存的意义，也就是我们经常说的超越性，人是有超越性的。实际上，对意义的寻求、论证、体验、信仰，构成了我们整个精神生活的领域。自从有人类以来，在基本解决了生存问题进入了文明状态后，人类一直是在这样做，在寻求生活的意义，不满足于仅仅活着，这样就形成了人类的精神生活领域，包括宗教、哲学、艺术、科学、道德，这些都是人类精神生活的形式。这些实际上都是在寻求意义的过程中形成的，对个人来说也是这样，对意义的寻求形成了他的心灵生活、内在生活。我说的灵魂生活就是指这种对生活意义的寻求。

人不满足于活着，要为活着寻找一个更高的意义，可是，大自然并没有给我们提供一个比活着更高的意义，用大自然的眼光来看人生是没有什么意义的，人类的存在也是没有什么意义的。用大自然的眼光来看，人类的生命不过是宇宙某一个小角落里面一个偶然的存在，这个小角落，太阳系的某一个地方，我们的地球上面，刚巧到一定的时候，它的自然条件适合生命产生，于是生命就产生了，逐渐进化，最后进化到人。以后呢，自然条件慢慢变化，到一定的时候，又不适合于人的生存了，不适合于生命的存在了，人类就会毁灭，生命就会毁灭，最后地球也会毁灭。用宇宙的眼光来看，人类的生存有什么意义？一点意义都没有。用自然的眼光来看，个人的生存也是没有意义的，一个人生下来了，活那么几十年，最后死去，又消失得无影无踪，什么也没有留下，有什么意义？所以，大自然并没有为我们提供一个比生存更高的意义，比生存更高的意义是要人自己去寻求的。这个寻求的过程就形成了我们的精神生活，就形成了人类的精神领域。然后我们发现，有了精神生活的领域以后，精神生活本身就成了我们生活的意义，对意义的寻求过程本身就为我们的生活提供了更高的意义。你看，确实是这样一个过程，原来意义就在于寻求意义，简单地说就是这样。因为人有了这样的精神生活，有了宗教、哲学、艺术等等，我们感到生活是有意义的，因为有了这样的不满足于仅仅活着、要有一种更高生活的追求，在这个追求的过程中，我们的生活就有了意义。所以，寻求意义形成了人的精神生活领域，而精神生活领域本身又为人的生存提供了更高的意义。我觉得这是一个非常有趣的现象，因为人生缺乏意义而去寻求，结果寻求本身就成了意义。

总之，我们可以确定一点，就是灵魂生活是一个追求意义的领域，而人生的意义就取决于我们灵魂生活的状况、精神生活的状况。具体地说，我想人生意义的问题可以从两个方面来看。其一是人生的世俗意义，就是这一辈子过得好不好，自己满意不满意，生活质量高不高。对于这一点，我们往往是用幸福这个词来概括的。如果你觉得这一生过得挺好，你自己挺满意，你就会说你挺幸福。那么，幸福取决于什么呢？我认为，幸福取决于灵魂的丰富，灵魂的丰富是幸福的源泉。这是人生意义的一个方面。

刚才讲的是世俗的意义，人生意义的另一个方面可以叫作人生的神圣意义，或者说精神性的意义。如果说幸福讲的是生活的质量，那么神圣意义讲的就是生活的境界，人生的境界高不高。这在哲学上通常是用德行这个词来概括的，德行就是道德和信仰。其实，从人生意义的角度看，道德和信仰是一回事，都标志着人生的神圣意义、精神性意义。德行取决于什么？我认为取决于灵魂的高贵，灵魂的高贵是德行的基础。

下面我简单地谈谈这两个方面的问题。

首先是幸福的问题。在西方哲学史上，对幸福问题的看法有两大流派，一派是从伊壁鸠鲁开始的享乐主义，另一派叫作完善主义。前者认为幸福就是快乐，后者认为真正的幸福是精神上的完善、道德上的完善。这两派对幸福的概念虽然不同，但有一点是相同的，就是都认为精神的快乐、灵魂的快乐要远远高于物质的快乐、身体的快乐。

事实上，物质上、肉体上的快乐是非常有限的，超过了一定限度，物质条件再好，快乐也增加不了多少，最多只是虚荣心的满足，只有精神上的快乐才可能是无限的。精神的快乐来源于灵魂的丰富，那么怎样才能使你的灵魂丰富起来呢？我觉得应该养成一种过内在生活的习惯，这一点很重要，尤其是在我们这个时代。这个时代太喧闹、太匆忙，生活逼迫我们总是为外在的事物去忙碌，基本上生活在外在世界里面，这是很可悲的。一个人应该有自己的内在生活，有自己的内在世界。怎样才能有自己的内在世界呢？一条就是要养成独处的习惯，有自己独处的时间；另外一条就是阅读，读那些真正的好书。独处是和自己的灵魂相处，读好书是和历史上那些伟大的灵魂沟通，这是使我们的灵魂深刻和丰富起来的两个基本途径。

其次是德行的问题。完善主义的哲学家，从苏格拉底开始，后来包括斯多亚学派、中世纪的哲学家奥古斯丁、近现代的像康德和一些德国的哲学家，他们都有一个观点，认为幸福就是德行，就是过有道德的生活，就是说人的灵魂生活本身就是幸福的实质部分，哪怕你因为灵魂生活而受难，也是一种幸福，不需要用快乐来证明。"德行即幸福"是苏格拉底最早提出来的，但是这一路的哲学家，包括康德在内，都是这种看法，从这一点来说，他们是把灵魂的高贵看得更重要了，灵魂的高贵既是德行，又是幸福。我们现在很少提高贵这个词，但我觉得高贵是人类一个特别重要的价值，古希腊人讲高贵，罗马人也讲高贵。那么什么是高贵呢？换一个说法就是人的尊严，做人是要有尊严的，一个人要意识到做人的尊严，做事情的时候也要体现出做人的尊严，这样的人就有一颗高贵的灵魂。用康德的话说，就是人是目的，那个大写的人、作为精神性存在的人是目的，永远不可以把他当作实现物质性目的的手段，对自己、对别人都要这样。我认为，"尊严"这个概念是中国传统文化里所缺乏的，现在更是特别缺乏的。

在最高的层次上，德行就是信仰，相信人是有尊严的、有做人的原则的，这样的人就是有信仰的人，倒不一定非要有一种宗教来统一人们的思想，我觉得这在现在的中国也是不可能的。我们说人作为有灵魂的存在是高贵的，是有尊严的，灵魂是人的本质部分，这一点从哲学上讲也许是有问题的。比如有人就会问，这个高贵的、本质的部分是从哪里来的，它的根源是什么，在宇宙中有没有根据？实际上，形而上学也好，唯心主义也好，都是想论证有这个根据，但这是一个理性无法解决的问题。我们的灵魂到底是不是来自宇宙间某种不朽的精神本质，和它有一种联系，这一点是无法证明的。但是，哲学家们在这个问题上都宁愿保留宇宙具有精神本质这个假设，包括康德，他说上帝是一个必要的假设，因为如果没有上帝这个假设的话，我们无法解释我们的道德行为。这样做的好处，是让我们的生活按照上帝存在的假设来进行，这时候我们的人生境界和我们不相信的情况下是不一样的。与哲学不同，宗教不论证，它就是要你相信，它已经给你提供了一个现成的答案。反正不管信不信教，我们都要做一个高贵的、有尊严的人，应该有这样一个信念。在我看来，人与人的根本区别，就在于有没有这样的信念，是不是按照这个信念做人和处世。

哲学对于当代青年有什么意义，这也是很多青年关心的问题。我们这个时代，今天青年所处的这个时代，我认为有两个显著特点。第一个特点是意识形态弱化，价值多元，没有了统一的信仰。这和我年轻时所处的那个时代完全不同，我们那时候有统一的意识形态管着，用不着你，更准确地说是不允许你自己去寻求一种信仰。现在不同了，在信仰问题上，实际上发生了一个去中心化的、个体化的过程，信仰不再是自上而下规定下来的，而成了每个人自己的事情。我认为这是很大的进步，信仰恢复了它本来的意义，回到了它应该有的状态。自己去寻求信仰，这当然比较累，不像有一个现成的信仰那么轻松，但是，信仰本来就是个人灵魂里的事，从外面强加的信仰算什么信仰呢。现在，有些人可能找到了自己的信仰，比如真的信了某一宗教。不过，据我看，大多数人是没有一个确定的信仰的，我也是这样，可以说仍在寻找的过程之中，那么，在这种情况下，哲学就有了重要的作用，哲学就是让你独立地思考人生意义的问题，自己去寻求人生的意义，这实际上就是自己去寻求和确立信仰的一个过程。在我看来，最后能不能找到一个确定的信仰，这并不重要，重要的是始终在思考、在寻求，这本身就使你在过一种高品质的精神生活，其实也就是一种有信仰的生活。我认为这是哲学对于当代青年的一大价值。

我们时代另一个显著特点是竞争激烈，在市场经济的环境中，青年们面临着严峻的生存问题。那么，在我看来，哲学就有助于我们在激烈的竞争中保持头脑的清醒，为自己保留一种内在的自由。当然，事实上，一个人越是重视精神生活，有精神上的追求，他在这个商业社会中就越可能会有更大的困惑甚至痛苦。因为我们无法否认，精神追求与生存竞争之间是会发生冲突的，往往生存竞争会使你无暇进行你喜欢的精神活动，比如读书、写作等，精神追求又会使你厌恶生存竞争。对于这个问题，我的想法是，我们只能正视现实，不管你的精神欲望多么强烈，你必须解决生存问题，精神追求不会赋予你在生存竞争中受特殊照顾的权利，市场就是这样，你再抱怨也没有用。不过，我们应该看得远一点。长远来看，在现代竞争中，一个人的综合素质是非常重要的，其中包括精神素质。同时，也要看到精神追求是不以社会酬报为目的的，否则就不成其为精神追求了。两方面只能尽量兼顾，而在真正发生不可调和的冲突时，就甘愿舍弃利益，这是必要的代价。说到底，你的做法和心态取决于你究竟看重什么，仅仅是实际利益，还是人生的总体质量。

中央国家机关青年哲学知识系列讲座现场互动

问：今天在座的不少人是慕名来听您的讲座的，这种名气多半与您那本《妞妞》有关。有这样一句话，悲剧就是把美丽的东西破坏了以后向他人展示。这可能是您书里的一段话，是不是？（答：这是鲁迅说的。）而大多数人都对别人的隐私、痛苦身世怀有窥视的欲望。您作为一位洞悉人性的哲学工作者，对此更是明白的。那您当年在出版《妞妞》时，对由此产生的轰动和反响是有意为之，还是无心插柳？

答：关于《妞妞》这本书，我为什么要写这本书，写了以后为什么要出版，其实已经有人提出过一些质疑。当然，我可以写了以后不出版。但是我最后终于把它出版，因为我认为这本书的意义，不仅仅限于我自己的一段私人经历，我也不认为它是我的隐私，我认为它应该有更多的意义。当时我是突然陷到了苦难中，在这个过程中，为了自救，我有很多思考，我试图从哲学上开导自己。妞妞的到来，让我第一次品尝到了做父亲的那种快乐、那种喜悦，同时也给我带来了极大的痛苦，妞妞的病情给我带来极大的痛苦。我把这两方面的体验都记下来了。那么，这本书对于别人、对于读者会有它的意义，就是亲情和苦难，这两方面的体验和思考对别人会有意义。不过，你说书出后轰动，这不符合事实。我和出版社更没有有意要轰动，开始只印了一万册，后来慢慢加印，它的影响是逐渐产生和扩大的，完全是自发的。当然，有些评论让我很感动，我觉得在读者眼里这本书不是你所说的隐私，譬如有人说，在这个世界上，我们每一个人都是妞妞，我觉得讲得非常好。

问：听了几次哲学讲座之后，感觉每位学者所研究的内容都变成了他本人生活的一部分，甚至左右了他的生活方式，这就是哲学与自然科学的不同之处吗？

答：对，在我看来，真正的哲学应该是这样的，应该是一种化为血肉的生活方式。但是能做到这一点是不容易的，我觉得我还没有做到，我也不相信其他来讲座的学者都做到了。哲学的存在方式有几种。一种是作为形而上学的沉思，是对人类处境的根本性思考，而且是创造性的、提供了新角度的思考，这属于那些哲学大家、哲学史上留名的大师。还有一种是作为学术，其实大量的学者都是把哲学作为学术，一辈子研究一个领域里的一个问题，整理资料。第三种就是真正把哲学变成自己的生活方式，能够和自己的人生追求融合在一起，我觉得这是一个很高的要求。其实，古希腊的很多哲学家就是这样的，哲学的开端就是这样的。但是，后来哲学的发展离开了这个传统，我认为应该回到这个传统。一个是自己性情的原因，另外由于我对尼采的研究，我觉得尼采是回到了这个传统上，对我有很大的启发，使我相信这是我努力的一个方向，但是我还没做到，我正在做。

问：您是共产党员吗？如果是，您如何处理共产主义和您所从事的研究工作的冲突？

答：第一，我不是共产党员；第二，不管我是不是共产党员，这个问题都是存在的，都是有意义的一个问题。我并不认为我所从事的工作和共产主义之间有什么冲突。对于共产主义这个概念，实际上不同的人有不同的理解。你也许想讲的是马克思主义，不一定是共产主义。共产主义是指一种社会理想，这种理想，我们原来以为很快就会实现，现在看起来是无限期地往后推了，推到什么时候能实现，我们现在还不知道，没有一个人敢说什么时候会实现。能不能实现？作为一个共产党员好像是不能怀疑的，但是作为一种思想探讨，我想还是可以讨论的。不过，我想讲的是，马克思主义和我所思考的这些人生哲学，它们并不构成冲突的关系。问题出在什么地方？问题出在我们以前教科书上对于马克思主义的那种教条式的宣传和理解。其实马克思本人的哲学是很丰富的，而且是非常人性的。马克思的理想是什么？我觉得马克思的理想和我所追求的其实是完全一致的。你要说共产主义的话，其实马克思讲要通过所有制的改造、消灭私有制才能达到共产主义，这一点我们现在不知道，这条路是不是能够走得通，怎样才能走通。但是，马克思所想象的目标、所追求的目标，那种共产主义，最关键的一点，实际上就是一个人性化的社会。这个社会的标志并不是物质的极大丰富，也不是阶级的消灭，这都不是最重要的东西。最重要的东西是人们都自由了，从物质生产领域解放出来了。马克思说，真正的自由王国是在物质生产领域的彼岸，也就是说，社会上绝大部分的人，或者说全体成员，都用不着为自己的生存操劳了，都从这个领域里解脱出来了。到那个时候，社会发展的目的是什么？是人的能力的发展本身。人的能力的发展本身成了目的，这是马克思的原话。每个人都可以自由地去发展自己的能力，不再为生存忙碌，这就是一个理想社会要达到的目的，这才是马克思所盼望的共产主义。这和我对人生的看法、对人生的追求是完全一致的。但是，这一点在我们以前的教科书里面，我们是不说的，我们强调的是马克思的经济观点。我们现在应该更加丰富、更加本质地去理解马克思。

问：我有一次出差，途经纽约的曼哈顿，到西非的一个岛国。在曼哈顿看到了日进斗金的精英们脚步匆匆；在非洲的岛国看到衣不遮体、食不果腹的黑人手里拿着木棍，在太阳的炙烤下悠闲欢快地跳舞，他们大多是文盲。不知道您认为谁离天堂更近？

答：天堂实际上是指精神王国、精神乐园，离天堂远近当然是用精神指标来衡量的。耶稣说，想上天堂的人必须回到孩子，变成孩子，就是说一个人必须精神上单纯，才能上天堂。我觉得还应该加上丰富，一个人在精神上应该既单纯又丰富。物质越多，越陷在物质里面，离天堂就越远，所以耶稣又说，富人进天堂比骆驼钻针眼还难。不过，你提的问题比较复杂，牵涉文明的双重价值，既有正面价值，又有负面价值。如果你要杜绝后者，前者也会失去，只能是尽量减少文明的负面价值。

问：香港一位和黄霑齐名的才子曾说，用七十年的时间探求人生的意义，无非还是吃吃喝喝、男男女女。您怎样看待此人的人生态度？

答：我认为他根本就没有探求过，所以才会这么说。

问：您在广西工作时精神上很苦闷，想出来，从哲学层面上您如何评价这种想法？

答：我觉得这是本能，用不着从哲学层面上去评说。人当然是追求快乐、躲避不快乐的，但关键是快乐的标准不一样。桂林其实也是一个特别好的地方，很美的地方。可是，我觉得我的生活是在北京，为什么呢？因为在北京，我有更开阔的视野，有更加水平相当的精神交流。这是我最看重的那种生活。如果你让我永远生活在一个落后闭塞的地方，精神生活相对比较贫困的地方，我会感到痛苦，我是从这个角度上说的。如果光从物质生活、吃喝玩乐出发的话，那现在桂林也不错，去广州、深圳更好。

问：作为当代知识分子，对社会所负有的责任是什么？

答：这个问题当然是个很大的问题，可以再开讲一次。简单地说，我特别想强调的一点就是，在任何一个社会，知识分子都应该对社会承担责任，在我看来，这种责任应该是一种精神上的责任，就是要关心社会的精神走向。知识分子应该关注社会的基本走向，它在精神上是不是对头，如果不对头，要提出自己的意见，发出自己的声音，进行批判。我想，这是一个基本的责任，对任何一个社会的知识分子来说都是这样。知识分子应该是重大问题、根本问题的思考者和发言者。我想强调的一点是什么？中国的知识分子表面上、嘴上也说得很多，社会责任什么的，对社会问题很爱发言，但是有一个毛病。我认为，一个知识分子对社会的关注，应该是精神上的关注，既然是精神上的关注，那么他对自己的精神生活也应该是很重视的，应该是有自己的精神生活的。但是，很多知识分子忽略了这一点，没有自己的精神生活，没有自己的灵魂生活。在这种情况下，关注社会生活往往是从功利出发，个人的功利或社会的功利。所以，很容易没有自己的一贯性，很容易根据风向来改变，我看到过很多这样的例子。知识分子也跟着社会的风向改变，还算什么知识分子？得有自己的立场。为什么没有自己的立场呢？我觉得重要的原因，就是不从精神的层面来看社会问题。看社会问题是有各种层面的，就社会论社会，甚至只从利益角度来看社会，这个层面低了一点。不能少掉精神维度，但我觉得就中国知识分子的普遍情况来说，是缺少这个维度的。

问：马克思主义哲学认为，人是一切社会关系的总和，即人的本质是人的社会性。作为社会中的一个个体的人，既是手段又是目的，是二者的辩证统一。如果灵魂的高贵体现为人是目的，永远不可以把人作为手段，是否会让人的灵魂变得更自私？

答：马克思关于人的本质问题有很多论述，这是其中的一个方面。我们以前的问题把这个方面当作马克思的全部论述，这样就把马克思理解得狭窄了。马克思还说过，人的本质是人的自由自觉的活动。这个观点就更强调人是精神性的存在，作为精神性存在的人的自由。所以，关于马克思的人的观点，其实是可以再讨论的。我记得在二十世纪八十年代初的时候，我们中国学术界争论很激烈，一派是把马克思关于人的论述归结为人的社会性，然后把社会性又归结为阶级性，这是一派的观点；另外一派观点认为这是狭窄的，应该更强调马克思关于人的全面的论述，强调人的人性的方面，我当时是属于这一派的。现在来看，应该说仅仅归结为社会性，这种观点的狭隘性是一目了然的，用不着再争论了。不能只把人看作目的，也要把人看作社会的手段？我觉得，这是没有理解康德命题的含义。当然，手段和目的是相对而言的，譬如说，在某些具体的情况下，你用一些人去完成一件事情，在这个意义上你会说人是手段。从根本的意义上来说，我不知道马克思曾经说过人是手段，我不知道有这样的论述。从根本意义上来说，你只能把人作为目的，不能把人作为手段。当然，为了实现社会的目标，需要个人、很多人去参与、去奋斗，但这并不意味着人是社会的手段。从根本的意义上来说，个人和社会之间的关系是，个人是目的，社会是手段。社会无非是个人、许多个人结成的一种关系。社会为什么要存在？个人为了生存的需要，必须依靠他人，在这个过程中，人们才结成了一种社会关系。社会不为所有的个人而存在，它为什么而存在，难道是为它自己？如果抽掉了所有的个人，社会就成了一个抽象的东西，是一个抽象的实体。所以，从社会产生的原因和社会最后要达到的目的来说，都是社会为了个人，是为了个人才产生、才存在的。我觉得，我们以前过于强调社会对于个人的支配，好像个人只是手段，只是为社会服务。那么，社会究竟为了什么而存在？这是一个很奇怪的存在了。如果不是为了每一个个人的话，社会为什么要存在？你能提出一个令人满意的答案吗？我们把社会作为一个抽象的实体，作为一种凌驾于个人之上的东西，这种思路造成了很多问题，导致对人的不重视，对个人价值的蔑视，所以我认为应该颠倒过来，更强调社会是为了个人，而不是个人为了社会。这不是鼓励自私，个人当然要为社会做贡献，但是，当你这样做的时候，你要明白，你归根到底是为了人，为了社会上一个个活生生的人。

问：宗教常常被科学的进步证明是错误的，想请您评价一下科学和宗教哪个更有价值。

答：科学和宗教各有各的价值。科学可以证明宗教里面的某些具体说法是错的，但是科学不能证明宗教本身是错的。这话是什么意思呢？譬如说，现在从科学来说，我们可以说知道宇宙是通过大爆炸产生的，地球是经过星云的冷却过程产生的，生物、人类是通过进化产生的，等等。这样，《圣经》里面讲的上帝在六天之内创造世界，你可以说它已经被证明是错的，世界不是上帝创造的。对这些宗教里面的具体说法，科学可以否定它，但是科学不能证明宗教最根本的东西是错的。宗教最根本的东西是什么？实际上就是世界的本质问题。世界的本质是什么？一直有两种看法。一种认为世界的本质是物质，这是我们的唯物主义的说法；还有一种就是像柏拉图、基督教，认为世界具有一种精神性的本质，对它的叫法不一样，柏拉图说是绝对理念，基督教说是上帝，我们的灵魂、精神追求都是从那里来的。这一点科学能不能把它否定？我认为不能。为什么不能？科学是管什么的？科学是管经验的，科学只能从我们感官所接触的现象里总结出一些规律来，这是科学所做的事情。但是，世界的本质是什么？有没有一个精神性的本质？这一点是永远不会在我们的经验里出现的，是我们永远经验不到的。既然经验不到，科学就不能证明它，也不能否定它。凡是第一原理都是这样的，无论是哲学上的，还是宗教上的，都是既不能证实，也不能证伪。有没有一个上帝存在，有没有一种神圣的本质存在，世界是物质的还是精神的，这永远是科学所不能断定的，科学既不能证明也不能否定。这一点不是我的说法，费希特、列宁都说过。列宁说，到底是物质第一性还是精神第一性，这是一个信念，不是可以通过争论解决的。所谓物质第一性或精神第一性，就是世界的本质到底是物质的还是精神的，这一点永远不可能用事实来证明，所以它是一个信念，信念只能够相信，不能够证明。那么，到底哪一个更有价值？各有各的价值，宗教有宗教的价值，科学有科学的价值。宗教解决的是生活目的的问题，为什么活着的问题；科学解决的是生活手段的问题，怎么样生活得更舒服也就是更复杂的问题。科学面对的是事实，宗教面对的是价值，它们管的领域是不一样的。所以，很多大科学家同时也是教徒，或者虽然不信教，但有强烈的宗教情绪。

问：在今天的讲座中，您提到不经历苦难的人生是浅薄的，是有缺憾的，但我宁愿我的人生永远不曾有过失败，您如何看？

答：我相信没有人主动去选择苦难、挫折、失败，问题是这些遭遇是人生中难以避免的，一旦遇上了，以怎样的心态去面对？如果你总是怀着侥幸或害怕的心理，一心躲开这样的遭遇，那么，第一你在走人生的路时就会谨小慎微，成为平庸的人；第二你很可能仍然躲不开，那时候你就会埋怨、屈服甚至一蹶不振，成为一个真正的失败者，丧失了苦难本来可能给你的那些正面价值。

问：当今世界纷繁复杂，在社会里我们年轻人应该多读哪些书来净化自己的心灵，提升精神境界？希望您给我们推荐一些好书。

答：我很难拿出一个具体的书目来，因为我相信，对每一个人来说，真正会发生兴趣、读得进去的书肯定是不一样的。我想强调一点，我的建议是直接去读那些经典著作，不要去读那些二手、三手的解释性的作品。直接读大师的作品，这是我自己在读书方面最重要的经验。我上中学时就很爱读书，但是那时候我读的是一些介绍性的小册子。后来，进了大学以后，我开始读原著，读那些经典著作，包括哲学的、文学的，我马上就感觉到，其实许多大师的作品并不比那些小册子难懂，它们一下子把本质问题说清楚了，而那些小册子，那些二手的、三手的东西，在那里绕来绕去，总也说不清楚。所以，要读就去读大师的作品，那些经典著作。你读的范围可以稍微宽一点，文学的、哲学的，都可以读一些。在哲学方面，一开始的时候，你也许不知道该读哪些经典作品。我的建议是，去找一本简明的哲学史，把它浏览一下，自己感觉一下可能对哪个哲学家更感兴趣，然后就去读这个哲学家的书。简明的哲学史，我可以推荐的是商务印书馆出版的美国学者梯利写的《西方哲学史》，这本书的好处是的确比较简明，并且忠实于原著，把每个哲学家的基本思想用准确的语言说出来了。还有罗素的《西方哲学史》或《西方的智慧》，《西方的智慧》可以看作《西方哲学史》的简缩本，再比如威尔·杜兰特的《哲学的故事》，这两本书都有中译本，用生动的语言介绍了西方最伟大的哲学家。总之，先对大哲学家们有一个大概的了解，然后挑自己感兴趣的细读，就这样渐渐地受熏陶，渐渐地扩展阅读范围，这是一个办法。文学的就太多了，而且个人的趣味更不一样。我希望你们不要光看现代中国作家写的东西，不如多看一些西方古典的，像歌德、托尔斯泰，你们会发现，这些作家写的作品，不一样就是不一样，大师就是大师。

人生的哲学难题

人活一生，会遇到许多难题。有实际生活中发生的具体的难题，例如人生某个关头的抉择，婚姻啊，事业啊，也许解决起来难一些，但或者是可以解决的，或者时过境迁未解决也过去了，不会老缠着你。也有抽象的难题，那是在灵魂中发生的问题，其特点是：对于未发生这些问题的人，抽象而无用；对于发生了这些问题的人，却仿佛是性命攸关的最重要的问题。你要么从来不去想，倒也能平平静静过，可是一旦它们在你心中发生了，你就不得安宁了，因为它们其实是不可能最终解决的。

不可能最终解决——这正是哲学问题的特点。凡真正的哲学问题，其实都是无解的难题。要说明哲学问题的性质，最好的办法是把它和宗教、科学做比较。科学是头脑发问，头脑回答，只处理人的理性可以解决的问题。宗教是灵魂发问，灵魂本质上是情感，一种大情感，是对终极之物的渴望，对神秘的追问，宗教不要求头脑做出回答，它知道人的理性回答不了，只有神能回答，情感性的困惑唯有靠同样是情感性的信仰来平息。哲学也是灵魂在发问，却要头脑来回答，想给宗教性质的问题一个科学性质的解决，这是哲学的内在矛盾。

那么，哲学岂非自寻烦恼，岂非徒劳？我只能说，这是身不由己的，灵魂里已经发生了困惑，又没有得到神的启示，就只好用自己的头脑去想。对少数人来说，人生始终是一个问题。对多数人来说，一生中有的时候会觉得人生是一个问题。对另一些少数人来说，人生从来不是一个问题。不妨问一问自己，你属于哪一种？确实有许多人认为，去想这些想不明白的问题特别傻，这种人活得最正常，我很羡慕。可惜我是属于欲罢不能的那一类，对人生的一些重大问题想了大半辈子仍想不通。不过，我的体会是，想不通而仍然去想还是有好处的。

人生中哲学性质的难题有很多，我姑且列举其中的一些：

一、人生的目的与信仰。人生有没有一个高于生命本身的目的？如果没有，人与动物有何区别？如果有，人的精神追求的根据是什么？怎样算有信仰？

二、死。既然死是生命的必然结局，生命还有没有意义？如何克服对死的恐惧？应该怎样对待死？

三、命运。人能否支配自己的命运？面对命运，人在何种意义上是自由的？应该怎样对待命运？

四、责任。人活在世上要不要负责任，对谁负责，根据是什么？

五、爱。人因为孤独而渴望爱，爱能不能消除孤独？为什么爱总是给人带来痛苦？爱与被爱，何者更重要？婚姻是爱情的坟墓吗？

六、幸福。什么是幸福？它是主观体验，还是客观状态？幸福是不是人生最重要的价值？怎样衡量生活质量？

所有这些问题围绕着并且可以归结为一个问题：人生意义，即人生有没有意义。如果有，是什么？对这些问题的思考构成了哲学中的一个重要领域，就是人生观。

人生观主要包含两层意思：第一，对人生的总体评价，即人生究竟有没有一种根本的意义。这个问题以尖锐的形式表现为哈姆雷特的问题："活，还是不活？"当一个人对生命的意义产生根本的怀疑时，就会面临活着是否值得的问题。人生有无意义的问题又分两个方面。一是因生命的短暂性而产生的问题：人的生命有无超越于死亡的、不朽的、终极的价值？核心是死亡问题。二是因生命的动物性而产生的问题：人的生命有无超越于动物性的神圣的价值，人活着有没有比活着更高的目的和意义？核心是信仰问题。第二，对各种可能的生活方式的评价，即在人生的范围内，把人生作为一个过程来看，怎样生活更有意义，哪一种活法更好？核心是幸福（生活质量）问题。

对于人生有无意义的问题，大致上有三种回答：第一，绝对否定，如佛教，认为人生绝对无意义；第二，绝对肯定，如基督教，认为人生有来自神的绝对意义；第三，一般人（包括我）在此两极端之间，既不能确定有绝对意义，又不肯接受绝对无意义，哲学是为这种人准备的。按照前两种极端的回答，怎样生活更好的问题有很明确的答案，对于佛教是求解脱，断绝业报的轮回；对于基督教是信奉神，为灵魂在天国的生活做准备。对第三种人来说，既然在人生总体评价上难以确定，就可能会更加看重在人生的过程中寻找相对的意义，也就是更关心尘世幸福的问题，不过对这问题的看法会有很大的分歧。

我今天讲人生观的几个最主要问题，即信仰问题、死亡问题、幸福问题。

一、信仰问题

问：你为什么活着，你活着的目的是什么？我相信绝大多数人回答不出。我也回答不出。的确常常有人问我这个问题，他们想，看你的书，对人生哲学谈得好像挺明白的，你一定知道自己为什么活着。可是事实上，我在这方面之所以想得多一些，正是因为困惑比较多，并不比别人更明白。在人生某一个阶段，每个人也许会有一些具体的目的，比如升学、谋职、出国，或者结婚、生儿育女，或者研究一个什么课题、写一本什么书之类。可是，整个人生的目的，自己一生究竟要成一个什么样的正果，谁能说清楚呢？

有些人自以为清楚。例如，要成为大富翁、总统，或者得诺贝尔奖。可是，这些都还不是最后的答案，人生目的这个问题要问的恰恰是，你为什么要成为大富翁、总统，得诺贝尔奖，等等。如果做富翁只是为了满足物质欲，做总统只是为了满足权力欲，得诺贝尔奖只是为了满足名声欲，那么，这些其实只是野心、虚荣心，只能表明欲望很强烈，不能表明想明白了为什么活着这个问题。亚历山大征服了世界，却仍然羡慕第欧根尼，正因为他觉得在想明白人生这一点上，自己不如第欧根尼。真正得诺贝尔奖的人，比如海明威、川端康成，绝不会以得诺贝尔奖为人生目的，否则他们就不会自杀了。

还有一些人，他们从外界接受了某种现成的观念或信仰，信个什么教或什么主义，就自以为有明确的生活目的了。但是，在多数情形下，人们是因为环境的影响而接受这些东西的，这些东西与自己的灵魂、自己的生命实质是分离的，因而只是一种外在的、表面的东西，不能真正充实灵魂和指导人生。我不是责备人们，而是想说明，一个人要对自己整个人生的目的有明确而坚定的认识，清楚地知道自己究竟为什么活着，这是一件极难的事。那些自以为清楚的人，多半未做透彻思考。做了透彻思考的人，往往又反而困惑。

人生目的至少应该是比欲望高的东西，停留在欲望（生存欲望，名利欲是其变态）的水平上，等于是说：活着是为了活着。因此，问题的更明确的提法是：人的生命有没有一个高于生命本身的目的？如果没有，人就不过是活着而已，和别的动物没有什么根本的不同，至多是欲望更强烈（更变态）、满足欲望的手段更高明（更复杂）而已。

为生命确立一个高于生命本身的目的，可以有不同途径。其一是外向的，寻求某种高于个体生命的人类群体价值，例如献身于某种社会理想，从事科学真理的探索，进行文化艺术的创造，传播某种宗教信仰，等等。这相当于通常所说的救世，目标是人类精神上的提升。其二是内向的，寻求某种高于肉体生命的内在精神价值，例如追求道德上的自我完善，潜心于个人的宗教修炼或艺术体验，等等。这相当于通常所说的自救，目标是个人精神上的提升。凡高于生命的目的，归根到底是精神性的，其核心必是某种精神价值。这一点对于定向于社会领域的人同样是适用的。正像哈耶克所指出的，大经济学家往往同时也是大哲学家，他不会只限于关心经济问题，他所主张的经济秩序必定同时旨在实现某种人类精神价值。即使一个企业家，只要他仍是一个精神性的存在，即本来意义上的人，他就绝不会以赚钱为唯一目的，而一定会希望通过经济活动来实现某种比富裕更高的理想，并把这看作成就感的更重要来源。一般的人，哪怕过着一种平庸的生活，仍会承认人不应该像动物那样生活，有精神追求的生活是更加高尚的。由此可见，目的的寻求是人要使自己摆脱动物性而向更高的方向提升的努力。那么，向哪里提升呢？只能是向神性的方向。现在的问题是，这样一种努力有什么根据？

从自然的眼光看，人的生命只是一个生物学过程，自然并没有为之提供一个高于此过程的目的。那么，人要为自己的生命寻找一个高于生命本身的目的，这种冲动从何而来？人为什么与别的动物不一样，不但要活着，而且要活得有意义？对于这个问题，多数哲学家的回答是：因为人是有理性的动物。但是，从起源和功能看，理性是为了生存的需要而发展出来的对外部环境的认识能力，其方式是运用逻辑手段分析经验材料，目的是趋利避害，归根到底是为活着服务的，并不能解释对意义（精神价值）的渴望和追求。于是，另一些哲学家便认为，原因不在人有理性，而在人有灵魂。与动物相比，人不只是头脑发达，本质区别在于人有灵魂，动物没有。可是，灵魂是什么呢？它实际上指的就是人的内在的精神渴望，可以称之为人身上发动精神性渴望和追求的那个核心。我们发现，灵魂这个概念不过是给人的精神渴望安上了一个名称，而并没有解释它的来源是什么。问题仍然存在：灵魂的来源是什么？

为了解释灵魂的来源，柏拉图首先提出了一种理论。他认为，在人性结构与宇宙结构之间存在着对应的关系，人的动物性（肉体）来自自然界（现象界），人的灵魂则来自神界（本体界），也就是他所说的"理念世界"。在"理念世界"中，各种精神价值以最纯粹的形式存在着。灵魂由于来自那个世界，所以对于对肉体生存并无实际用处的纯粹精神价值会有渴望和追求。柏拉图的理论后来为基督教所继承和发扬，成为西方的正统。在很长时间里，人们普遍相信，宇宙间存在着神或类似于神的某种精神本质，人身上的神性即由之而来，这使人高于万物而在宇宙中处于特殊地位，负有特殊使命。人的高于肉体生命的精神性目的实际上已经先验地蕴含在这样一种宇宙结构中了。

但是，近代以降，科学摧毁了此类信念，描绘了一幅令人丧气的世界图景：在宇宙中并不存在神或某种最高精神本质，宇宙是盲目的，是一个没有任何目的的永恒变化过程，而人类仅是这过程中的偶然产物。用宇宙的眼光看，人类只有空间极狭小、时间极短暂的昙花一现般的生存，能有什么特殊使命和终极目的呢？在此背景下，个人的生存就更可怜了，与别的朝生夕死的生物没有什么两样。人身上的神性，以及人所追求的一切精神价值因为没有宇宙精神本质的支持而失去了根据，成了虚幻的自欺。

灵魂在自然界里的确没有根据。进化论用生存竞争最多能解释人的肉体和理智的起源，却无法解释灵魂的起源。事实上，灵魂对生存有百害而无一利，有纯正精神追求的人在现实生活中往往是倒霉蛋。

夜深人静之时，读着先哲的作品，分明感觉到人类精神不息的追求，世上自有永恒的精神价值存在，心中很充实。但有时候，忽然想到宇宙之盲目，总有一天会把人类精神这最美丽的花朵毁灭，便感到惶恐和空虚。

这就是现代人的基本处境，人们发现，为生命确立一个高于生命的目的并无本体论或宇宙论上的根据。所谓信仰危机，其实质就是精神追求失去了终极根据。

那么，在我们的时代，一个人是否还可能成为有信仰的人呢？我认为仍是可能的，但是，前提是不回避失去终极根据这个基本处境。判断一个人有没有信仰，标准不是看他是否信奉某一宗教或某一主义，唯一的标准是在精神追求上是否有真诚的态度。所谓真诚，一是在信仰问题上认真，既不是无所谓，可有可无，也不是随大流，盲目相信；二是诚实，决不自欺欺人。一个有这样的真诚态度的人，不论他是虔诚的基督徒、佛教徒，还是苏格拉底式的无神论者或尼采式的虚无主义者，都可视为真正有信仰的人。他们的共同之处是，都相信人生中有超出世俗利益的精神目标，它比生命更重要，是人生中最重要的东西，值得为之活着和献身。他们的差异仅是外在的，他们都是精神上的圣徒，在寻找和守护同一个东西，那使人类高贵、伟大、神圣的东西，他们的寻找和守护便证明了这种东西的存在。说到底，我们难以分清，神（宇宙的精神本质）究竟是灵魂的创造者呢，还是灵魂的创造物。因此，我们完全可以把有灵魂（即有精神渴望和追求）与有信仰视为同义语。一个人不顾精神追求的徒劳而仍然坚持精神追求，这只能证明他太有灵魂了，怎么能说他是没有信仰的人呢？

二、死亡问题

许多人有这样的经验：在童年或少年时期，经历过一次对死的突然"发现"。在这之前，当然也看见或听说过别人的死，但往往并不和自己联系起来。可是，有一天，确凿无疑地明白了自己迟早也会和所有人一样地死去。这是一种极其痛苦的内心体验，如同发生了一场地震。想到自己在这世界上的存在只是暂时的，总有一天化为乌有，一个人就可能对生命的意义发生根本的怀疑。

随着年龄增长，多数人似乎渐渐麻木了，实际上是在有意无意地回避。我常常发现，当孩子问到有关死的问题时，他们的家长便往往惊慌地阻止，叫他不要瞎想。其实，这哪里是瞎想呢？死是人生第一个大问题，只是因为不可避免，人们便觉得想也没有用，只好默默忍受罢了。

但哲学正是要去想一般人不敢想、不愿想的问题。死之令人绝望，在于死后的绝对虚无、非存在，使人产生人生虚幻之感。作为一切人生——不论伟大还是平凡，幸福还是不幸——的最终结局，死是对生命意义的最大威胁和挑战，因而是任何人生思考绝对绕不过去的问题。要真正从精神上解决死亡问题，就不能只是劝人理智地接受不存在，而应该帮助人看破存在与不存在之间的界限，没有了这个界限，死亡当然就不成为一个问题了。这便是宗教以及有宗教倾向的哲学家的思路。宗教往往还主张死比生好，因此我们不但应该接受死亡，而且应该欢迎死亡。人之所以害怕死，根源当然是有生命欲望，佛教在理论上用智慧否定生命欲望，在实践上用戒律和禅定等方法削弱乃至灭绝生命欲望，可谓对症下药。当然，其弊是消极。不过，在无神论的范围内，我想象不出有任何一种积极的理论能够真正从精神上解决死亡问题。

总的来说，就从精神上解决死亡问题而言，哲学不如宗教，基督教不如佛教，但佛教实质上是一种哲学。对死亡进行哲学思考虽属徒劳，却并非没有意义，我称之为有意义的徒劳。其意义主要有：第一，使人看到人生的全景和限度，用超脱的眼光看人世间的成败祸福。如奥勒留所说，这种思考帮助我们学会"用有死者的眼光看事物"。第二，为现实中的死做好精神准备。人皆怕死，又因此而怕去想死的问题，哲学不能使我们不怕死，但能够使我们不怕去想死的问题，克服对恐惧的恐惧，也就在一定程度上获得了对死的自由。死是不问你的年龄随时会来到的，人们很在乎寿命，但想通了既然迟早要来，就不会太在乎了，最后反正都是一回事。第三，死总是自己的死，对死的思考使人更清醒地意识到个人生存的不可替代，从而如海德格尔所说的那样"为死而在"，立足于死亡而珍惜生命，最大限度地实现其独一无二的价值。

三、幸福问题

在世上一切东西中，好像只有幸福是人人都想要的。其他的东西，例如结婚、生孩子甚或升官发财，肯定有一些不想要，可是大约没有人会拒绝幸福。人人向往幸福，但幸福最难定义。人们往往把得到自己最想要的东西、实现自己最衷心的愿望称作幸福。愿望是因人而异的，同一个人的愿望也在不断变化。讲一个笑话：有一回，我动一个小手术，因为麻醉的缘故，术后排尿困难。当我站在便池前，经受着尿胀却排不出的痛苦时，我当真觉得身边那位流畅排尿的先生是幸福的人。真的实现了愿望，是否幸福也还难说。费尽力气争取某种东西，争到了手却发现远不如想象的好，乃是常事。所谓"人心重难而轻易""身在福中不知福""生活在别处"，这些说法都表明，很难找到认为自己幸福的人。

幸福究竟是一种主观感受，还是一种客观状态？如果只是前者，狂喜型妄想症患者就是最幸福的人了。如果只是后者，世上多的是拥有别人羡慕的条件而自己并不觉得幸福的人。有一点可以确定：外在的条件如果不转化为内在的体验和心情，便不成其为幸福。所以，比较恰当的是把它看作令人满意的生活与愉快的心情的统一。

那么，怎样的生活是令人满意的并且能带来愉快心情呢？这当然仍是因人而异的。哲学家们比较一致的意见是：生活包括外在生活（肉体生活和社会生活）和内在生活（精神生活）两方面，其中，外在生活是幸福的必要条件，内在生活是幸福的更重要的源泉。

对幸福来说，外在生活具备一定条件是必要的。亚里士多德说：幸福主要是灵魂的善，但要以外在的善（幸运）为补充，例如高贵的出身、众多的子孙、英俊的相貌，不能把一个贫贱、孤苦、丑陋的人称作是幸福的。不过，哲学家们大多强调：这不是主要方面，而且要适度。亚里士多德指出：平庸的人才把幸福等同于纵欲。他批评贵族中多亚述王式人物，按照亚述王墓碑上的铭文生活："吃吧，喝吧，玩吧，其余不必记挂。"哲学家一般不会主张这样的享乐主义，被视为享乐主义始祖的伊壁鸠鲁其实最反对纵欲，他对快乐的定义是身体的无痛苦和灵魂的无纷扰。

外在生活方面幸福的条件大致可以举出以下这些：一、家庭出身。在存在着财富和权力不平等的社会中，人们在人生的起点上就处在不平等的位置上，家庭出身决定了一个人早年的生活条件和受教育的机会，并影响到以后的生活。当然，出身对一个人的影响是复杂的，富贵未必都是福，贫寒未必都是祸，不可一概而论。二、财富（金钱）。贫穷肯定是不幸，至少应该做到衣食无忧，物质生活有基本保障。但是，未必钱越多越幸福。我的看法是：小康最好。三、社会上的成功、地位、名声。怀才不遇、事业失败肯定是不幸。但是，成功要成为幸福，前提是外在事业与内在追求的一致，所做的是自己真正喜欢做的事情。四、婚姻和家庭生活美满。对老派的人来说，还要加上子孙满堂。对新派的人来说，这些都可以不要，但至少要有满意的爱情。五、健康。托尔斯泰认为，个人最高的物质幸福不是金钱，而是健康。六、闲暇。一个人始终忙碌劳累，那也是一种不幸，哪怕你自以为是在干事业。要有内在的从容和悠闲来品尝人生乐趣。七、平安，一生无重大灾祸。最好还能长寿，所谓寿终正寝。

内在生活方面的幸福也有诸多内容，主要包括：一、创造。创造是自我能力和价值的实现，其快乐非外在的成功可比。二、体验。包括艺术欣赏，与自然的沟通，等等。三、爱。人间各种爱的情感的体验和享受，包括爱情、亲情、友情等。还有更广博的爱，例如儒家的仁爱、基督教的福音之爱、人道主义的博爱。四、智慧，智性生活。包括阅读和思考，哲学的沉思，独处时内心的宁静。五、信仰。

几乎所有哲学家都认为，内在生活是幸福的主要源泉和方面。其理由是：

第一，内在生活是自足的，不依赖于外部条件，这方面的快乐往往是外在变故所不能剥夺的。亚里士多德说：沉思的生活是人身上最接近神的部分，沉思的快乐相当于神的快乐。

第二，心灵的快乐是高层次的快乐。柏拉图认为，在智慧与快乐两者中，智慧才是幸福。他提出的理由是：智慧本身是善，同时也是快乐，而其他的快乐未必是善。约翰·穆勒从功利主义立场出发，把幸福等同于快乐。即使他也认为：幸福不等于满足，天赋越高越不易满足，但不满足的人比满足的猪、不满足的苏格拉底比满足的傻瓜幸福。因此，和肉体快乐相比，心灵快乐更高级，其快乐更丰富，不过只有兼知两者的人才能对此做出判断。当代人本心理学家马斯洛在类似的意义上把人的需要分成不同层次，认为在低层次的物质性需要满足以后，高层次的精神性需要才会凸显出来，并感受到这种需要之满足的更高的快乐。

第三，灵魂是感受幸福的"器官"，任何外在经历必须有灵魂参与才成其为幸福。因此，内心世界的丰富、敏感和活跃与否决定了一个人感受幸福的能力。在此意义上，幸福是一种能力。你有钱买最好的音响，但不懂音乐，有什么用。现在许多高官大款有条件周游世界，但他们对历史和自然都无兴趣，到一地只知找红灯区，算什么幸福。对于内心世界不同的人，表面相同的经历（例如周游世界）具有完全不同的意义，事实上也就完全不是相同的经历了。

第四，外在遭遇受制于外在因素，非自己所能支配，所以不应成为人生的主要目标。真正能支配的唯有对一切外在遭际的态度。内在生活充实的人仿佛有另一个更高的自我，能与身外遭遇保持距离，对变故和挫折持适当态度，心境不受尘世祸福沉浮的扰乱。天有不测风云，超脱的智慧对于幸福是重要的。

一般来说，人们会觉得自己生活中的某一个时刻或某一段时光是幸福的，但难以评定自己整个人生是否幸福。其中一个原因是，幸福与否与命运有关，而命运不可测。所以希腊人喜欢说：无人生前能称幸福。希罗多德的《历史》中讲过一个故事：梭伦出游，一个国王请教谁最幸福，他举的都是死者之例，因为可以盖棺论定了，国王便嘲笑他说，忽视当前的幸福、万事等看收尾的人是大傻瓜。亚里士多德对此也评论说：梭伦的看法是荒唐的。我认为，人生总是不可能完美的，用完美的标准衡量，世上无人能称幸福，不光生前如此。仔细思考幸福这个概念的含义，我们会发现，它主要是指对生命意义的肯定评价。感到幸福，也就是感到活得有意义。不管时间多么短暂，这种体验总是指向整个人生的，所包含的是对生命意义的总体评价。尤其在创造中、在爱中，当人感受到幸福时，心中仿佛响着一个声音："为了这个时刻，我这一生值了！"因此，衡量你的人生在总体上是否幸福，主要就看你觉得这一生活是否有意义。当然，外在条件也是不可少的，但标准不妨放低一些，只要不是非常不幸就可以了。

由于幸福不能缺少外在条件和内心安宁，所以，在一些哲学家看来，幸福不是人生的主要目的和最高价值。历史上有许多天才并不幸福，在外在生活方面穷困潦倒，凡·高是最突出的例子。深刻的灵魂也往往充满痛苦和冲突，例如尼采。像歌德那样终于达于平衡的天才是少数，而且也是经历了痛苦的内心挣扎的。同时，人生有苦难和绝境，任何人都有可能落入其中，在那种情形下，一个人仍可能以有尊严的方式来承受，从而赋予人生一种意义，但你绝不能说这是幸福。归根到底，人生在世最重要的事情不是幸福或不幸，而是不论幸福还是不幸都保持做人的正直和尊严。

人生话题

一、对人性的另一种解释

对人性的一种解释：人性是介于动物性和神性之间的一种性质，是对动物性的克服和向神性的接近。按照这种解释，人离动物状态越远，离神就越近，人性就越高级、越完满。

然而，这会不会是文明的一种偏见呢？譬如说，聚财的狂热、奢靡的享受、股市、毒品、人工流产、克隆技术，这一切在动物界是绝对不可想象的，现代人离动物状态的确是越来越远了，但何尝因此而靠近了神一步呢？相反，在这里，人对动物状态的背离岂不同时也是对神的亵渎？

那么，对人性也许还可以做出另一种解释：人性未必总是动物性向神性的进步，也可能是从动物性的退步，比动物性距离神性更远。

也许在人类生活日趋复杂的现代，神性只好以朴素的动物性的方式来存在，回归生命的单纯正是神的召唤。

二、灵魂的来源是神秘的

我相信，灵魂和肉体必定有着不同的来源。我只能相信，不能证明，因为灵魂的来源是神秘的，而一切用肉体解释灵魂的尝试都过于牵强。

有时候我想，人的肉体是相似的，由同样的物质组成，服从着同样的生物学法则，唯有灵魂的不同才造成了人与人之间的巨大差异。有时候我又想，灵魂是神在肉体中的栖居，不管人的肉体在肤色和外貌上怎样千差万别，那栖居于其中的必定是同一个神。

肉体会患病，会残疾，会衰老，对此我感觉到的不仅是悲哀，更是屈辱，以至于会相信这样一种说法：肉体不是灵魂的好的居所，灵魂离开肉体也许真的是解脱。

肉体终有一死。灵魂会不会死呢？这永远是一个谜。既然我们不知道灵魂的来源，我们也就不可能知道它的去向。

三、人性中的高级和低级

柏拉图把人的心灵划分为理性、意志、情感三个部分，并断定它们的地位由高及低，判然有别，呈现一种等级关系。自他以后，以理性为人性中的最高级部分遂成西方哲学的正统见解。后来也有人试图打破这一正统见解，例如把情感（卢梭）或者意志（费希特）提举为人性之冠，但是，基本思路仍是将理性、意志、情感三者加以排队，在其中选举一个统帅。

能否有另一种思路呢？譬如说，我们也许可以这样来看：在这三者之间并无高低之分，而对其中的每一者又可做出高低的划分。让我来尝试一下——

理性有高低之别。低级理性即科学理性、逻辑、康德所说的知性，是对事物的知识的追求；高级理性即哲学理性、形而上学、康德所说的理性，是对世界根本道理的追求。

意志有高低之别。低级意志是生物性的本能、欲望、冲动，归根到底是他律；高级意志则是对生物本能的支配和超越，是在信仰引导下的精神性的修炼，归根到底是自律。

情感有高低之别。低级情感是一己的恩怨悲欢，高级情感是与宇宙众生息息相通的大爱和大慈悲。

按照这一思路，人性实际上被分成了两个部分：一是低级部分，包括生物意志、日常情感和科学理性；一是高级部分，包括道德意志、宗教情感和哲学理性。简言之，就是兽性和神性、经验和超验。丝毫没有新颖之处！我只是想说明，此种划分是比知、情、意的划分更为本质的，而真正的精神生活必定是融知、情、意为一体的。

四、哲学的和非哲学的死亡观

关于死与生的关系，在哲学上可以有两种截然相反的看法。一是认为死是一个与生命绝对不同的事情，死不在生命之中，而应归属于生命之彼岸的一个神秘领域，因此，对活着的人来说，它是不可思考、不可言说的。另一是认为死是生命中的一个最本质的事情，生命中的一切连同生命本身皆因死而获得意义或丧失意义，因此，对死的思考是哲学的根本使命，是对生命意义的思考的前提和归宿。

这两种看法都是真正哲学性质的，而且在我看来，尽管它们立论相反，却并非不能相容。凡生命中最本质的事情岂不都把我们引向神秘，最值得思考的事情岂不都具有不可思考的性质？

在这两种看法之外，还有一种是把死看作生命中的一个普通的、自然的事情，主张以顺其自然的态度淡然处之。我承认这种看法最符合常识，你甚至不妨说它包含了一种常识的智慧，但是，我同时可以断定一点：这种看法不具备任何哲学性质。

五、根本就不存在时间这种东西

一切关于时间的定义，或者是文学化的描述和比喻，例如"流逝""绵延"之类，或者是数学化的量度，例如年、月、日之类。对于时间不可能给出一个哲学的定义。其原因就在于：时间是没有一个本质的；或者更直截了当地说，根本就不存在时间这种东西。

我们对于时间的想象也超不出这两种方式。因此，譬如说，我们无法想象上帝眼中的那种永不流逝、不可量度的时间，即所谓"永恒"。

我们唯一能理解的时间是历史——人类的历史或者人类眼中的自然界的历史。历史总是涉及一个有生有灭的事物，而世界本身是一个无始无终的过程，无所谓历史，一切历史都只不过是人类凭借自己的目力所及而从世界过程中截取的一个片段罢了。

我们的时间感觉根源于个体生命的暂时性，倘若人能够不死，我们便不会感觉到岁月的流逝。我们之所以以现在为分界点，把时间划分为过去、现在和未来，实在是因为我们不无恐惧地意识到，终有一天我们将不再有现在。也是生命匆匆的忧虑使我们感到困惑：过去不复存在，未来尚未存在，现在转瞬即逝，时间究竟在哪里？如果生命永在，我们就会拥有一个包含着无尽过去和无尽未来的永恒的现在，我们就一定不会感觉到时间，以及时间的虚幻了。

六、宗教的本质不在信神

人的心智不可能是全能的，世上一定有人的心智不能达到的领域，我把那不可知的领域称作神秘。

人的欲望不可能是至高的，世上一定有人的欲望不该亵渎的价值，我把那不可亵渎的价值称作神圣。

然而，我不知道，是否有一个全能的心智主宰着神秘的领域，是否有一个至高的意志制定着神圣的价值。也就是说，我不知道是否存在着一个上帝。在我看来，这个问题本身属于神秘的领域，对此断然肯定或否定都是人的心智的僭越。

宗教的本质不在信神，而在面对神秘的谦卑和面对神圣的敬畏。根据前者，人只是分为有神论者和无神论者；根据后者，人才分为有信仰者和无信仰者。

七、性、爱情、婚姻是三个不同的东西

性是肉体生活，遵循快乐原则；爱情是精神生活，遵循理想原则；婚姻是社会生活，遵循现实原则。这是三个完全不同的东西。婚姻的困难在于，如何在同一个异性身上把三者统一起来，不让习以为常麻痹性的诱惑和快乐，不让琐碎现实损害爱的激情和理想。

爱情不风流，它是两性之间最严肃的一件事。风流韵事频繁之处，往往没有爱情。爱情也未必浪漫，浪漫只是爱情的早期形态。在浪漫结束之后，爱情是随之结束，还是推进为亲密持久的伴侣之情，最能见出爱情的质量的高低。

多情和专一未必互相排斥。一个善于欣赏女人的男人，如果他真正爱上了一个女人，那爱是更加饱满而且投入的。

八、年龄只是一个抽象的数字

我们看得见时针的旋转、日历的翻页，但看不见自己生命

年轮的增长。我们无法根据记忆或身体感觉来确定自己的年龄。年龄只是一个抽象的数字，是我们依据最初的道听途说进行的计算。

你与你的亲人、友人、熟人、同时代人一起穿过岁月，你看见他们在你的周围成长和衰老。可是，你自己依然是在孤独中成长和衰老的，你的每一个生命年代仅仅属于你，你必须独自承担岁月在你的心灵上和身体上的刻痕。

九、怎样做父母

凡真正美好的人生体验都是特殊的，若非亲身经历就不可能凭理解力或想象力加以猜度。为人父母便是其中之一。

做父母做得怎样，最能表明一个人的人格、素质和教养。

被自己的孩子视为亲密的朋友，这是为人父母者所能获得的最大的成功。不过，为人父母者所能遭到的最大的失败并非被自己的孩子视为对手和敌人，而是被视为上司或者奴仆。

十、两种孤独

有两种孤独。

灵魂寻找自己的来源和归宿而不可得，感到自己是茫茫宇宙中的一个没有根据的偶然性，这是绝对的、形而上的、哲学性质的孤独。

灵魂寻找另一颗灵魂而不可得，感到自己是人世间的一个没有旅伴的漂泊者，这是相对的、形而下的、社会性质的孤独。

前一种孤独使人走向上帝和神圣的爱，或者遁入空门。后一种孤独使人走向他人和人间的爱，或者陷入自恋。

一切人间的爱都不能解除形而上的孤独。然而，谁若怀着形而上的孤独，人间的爱在他眼里就有了一种形而上的深度。当他爱一个人时，他心中会充满佛一样的大悲悯。在他所爱的人身上，他又会发现神的影子。

十一、性格与命运

命运主要由两个因素决定：环境和性格。环境规定了一个人的遭遇的可能范围，性格则规定了他对遭遇的反应方式。由于反应方式不同，相同的遭遇就有了不同的意义，因而也就成了本质上不同的遭遇。我在此意义上理解赫拉克利特的这一名言："性格即命运。"

但是，这并不说明人能决定自己的命运，因为人不能决定自己的性格。

性格无所谓好坏，好坏仅在于人对自己的性格的使用，在使用中便有了人的自由。

命运当然是有好坏的。不过，除了明显的灾祸是厄运，人们对于命运的评价实在也没有一致的标准，正如对于幸福没有一致的标准。

就命运是一种神秘的外在力量而言，人不能支配命运，只能支配自己对命运的态度。一个人愈是能够支配自己对于命运的态度，命运对于他的支配力量就愈小。

十二、幸福和苦难仅仅属于灵魂

快感和痛感是肉体感觉，快乐和痛苦是心理现象，而幸福和苦难则仅仅属于灵魂。幸福是灵魂的叹息和歌唱，苦难是灵魂的呻吟和抗议，在两者中凸现的是对生命意义的或正或负的强烈体验。

幸福是生命意义得到实现的鲜明感觉。一个人在苦难中也可以感觉到生命意义的实现乃至最高的实现，因此苦难与幸福未必是互相排斥的。但是，在更多的情况下，人们在苦难中感觉到的是生命意义的受挫。我相信，即使是这样，只要没有被苦难彻底击败，苦难仍会深化一个人对于生命意义的认识。

十三、道德的两种含义

道德有两种不同的含义。一是精神性的，旨在追求个人完善，此种追求若赋予神圣的名义，便进入宗教的领域。一是实用性的，旨在维护社会秩序，此种维护若辅以暴力的手段，便进入法律的领域。

实际上这是两种完全不同的东西，混淆必生恶果。试图靠建立某种社会秩序来强制实现个人完善，必导致专制主义；把社会秩序的取舍完全交付个人良心来决定，必导致无政府主义。

十四、美逃避定义

美学家们给美所下的定义很少是哲学性质的，而往往是几何学的、心理学的或者社会学的。真正的美逃避定义，存在于几何学、心理学、社会学的解释皆无能为力的地方。

艺术天才们不是用言辞而是用自己的作品给美下定义，这些作品有力地改变和更新着人们对于美的理解。

十五、天才和自我教育

在任何一种教育体制下，都存在着学生资质差异的问题。合理的教育体制应该向不同资质的学生都提供相应的机会。

所谓"天才教育"的结果多半不是把一个普通资质的人培养成了天才，而是把他扭曲成了一个高不成低不就的畸形儿。

教育不可能制造天才，却可能扼杀天才。因此，天才对教育唯一可说的话是第欧根尼的那句名言："不要挡住我的阳光。"

一切教育都可以归结为自我教育。学历和课堂知识均是暂时的，自我教育的能力却是一笔终生财富。经验证明，一个人最终是否成材，往往不取决于学历的长短和课堂知识的多少，而取决于是否善于自我教育。

十六、修改上帝的笔误

偶然性是上帝的心血来潮，它可能是灵感喷发，也可能只是一个恶作剧；可能是神来之笔，也可能只是一个笔误。因此，在人生中，偶然性便成了一个既诱人又恼人的东西。我们无法预测会有哪一种偶然性落到自己头上，所能做到的仅是——如果得到的是神来之笔，就不要辜负了它；如果得到的是笔误，就精心地修改它，使它看起来像是另一种神来之笔，如同有的画家把偶然落到画布上的污斑修改成整幅画的点睛之笔那样。当然，在实际生活中，修改上帝的笔误绝非一件如此轻松的事情，有的人为此付出了毕生的努力，而这努力本身便展现为辉煌的人生历程。

十七、真理、信仰、理想都是解释

不存在事实，只存在对事实的解释。当一种解释被经验证明时，我们便称它为真理。由于经验总是有限的，所以真理总是相对的。

有一类解释是针对整个世界及其本质、起源、目的等等的，这类解释永远不能被经验所证明或否定，我们把这类解释称作信仰。

理想也是一种解释，它立足于价值立场来解释人生或者社会。作为价值尺度，理想一点也不虚无缥缈，一个人有没有理想、有怎样的理想，非常具体地体现在他的生活方式和处世态度中。

十八、怎样才算有事业

事业是精神性追求与社会性劳动的统一，精神性追求是其内涵和灵魂，社会性劳动是其形式和躯壳，二者不可缺一。

所以，一个仅仅为了名利而从政、经商、写书的人，无论他在社会上获得了怎样的成功，都不能说他有事业。

所以，一个不把自己的理想、思考、感悟体现为某种社会价值的人，无论他内心多么真诚，也不能说他有事业。

十九、最基本的划分

最基本的划分不是成功与失败，而是以伟大的成功和伟大的失败为一方，以渺小的成功和渺小的失败为另一方。

在上帝眼里，伟大的失败也是成功，渺小的成功也是失败。

二十、为何写作

为何写作？为了安于自己的笨拙和孤独。为了有理由整天坐在家里，不必出门。为了吸烟时有一种合法的感觉。为了可以不遵守任何作息规律同时又生活得有规律。写作是我的吸毒和慢性自杀，同时又是我的体操和养身之道。

二十一、金钱的作用

人们不妨赞美清贫，却不可讴歌贫困。人生的种种享受是需要好的心境的，而贫困会剥夺好的心境，足以扼杀生命的大部分乐趣。

金钱的好处便是使人免于贫困。

但是，在提供积极的享受方面，金钱的作用极其有限。人生最美好的享受，包括创造、沉思、艺术欣赏、爱情、亲情等等，都非金钱所能买到。原因很简单，所有这类享受皆依赖于心灵的能力，而心灵的能力是与钱包的鼓瘪毫不相干的。

二十二、"自我"的不可认识

哲学所提出的任务都是不可能完成的，包括这一个任务："认识你自己！"

无人能知道他的真正的"自我"究竟是什么。关于我的"自我"，我唯一确凿知道的它的独特之处仅是，如果我死了，无论世上还有什么人活着，它都将不复存在。

二十三、嫉妒是中性的

既然嫉妒人皆难免，也许就不宜把它看作病或者恶，而应该看作中性的东西。只有当它伤害自己时，它才是病。只有当它伤害别人时，它才是恶。

二十四、幽默和嘲讽

幽默和嘲讽都包含某种优越感，但其间有品位高下之分。嘲讽者感到优越，是因为他在别人身上发现了一种他相信自己绝不会有的弱点，于是发出幸灾乐祸的冷笑。幽默者感到优越，则是因为他看出了一种他自己也不能幸免的人性的普遍弱点，于是发出宽容的微笑。

幽默的前提是一种超脱的态度，能够俯视人间的一切是非，包括自己的弱点。嘲讽却是较着劲的，很在乎自己的对和别人的错。

二十五、沉默是语言之母

沉默是语言之母，一切原创的、伟大的语言皆孕育于沉默。但语言自身又会繁殖语言，与沉默所隔的世代越来越久远，其品质也越来越蜕化。

还有比一切语言更伟大的真理，沉默把它们留给了自己。

二十六、智慧与美德

人品不但有好坏之别，而且有宽窄深浅之别。好坏是质，宽窄深浅未必只是量。古人称卑劣者为"小人""斗筲之徒"是很有道理的，多少恶行都是出于浅薄的天性和狭小的器量。

知识是工具，无所谓善恶。知识可以为善，也可以为恶。美德与知识的关系不大。美德的真正源泉是智慧，即一种开阔的人生觉悟。德行如果不是从智慧流出，而是单凭修养造就，便至少是盲目的，很可能是功利的和伪善的。

二十七、最好的文化没有国籍

一切关于东西方文化之优劣的谈论都是非文化、伪文化性质的。民族文化与其说是一个文化概念，不如说是一个政治概念。在我眼里，只存在一个统一的世界文化宝库，凡是进入这个宝库的文化财富在本质上是没有国籍的。无论东方还是西方，文化中最有价值的东西必定是共通的，是属于全人类的。那些仅仅属于东方或者仅仅属于西方的东西，哪怕是好东西，至多只有次要的价值。

图书在版编目（CIP）数据

只是眷恋这人间烟火：全新修订版 / 周国平著 . -- 长沙：湖南文艺出版社，2020.8
ISBN 978-7-5404-9591-6

Ⅰ . ①只… Ⅱ . ①周… Ⅲ . ①散文集 — 中国 — 当代
Ⅳ . ① I267

中国版本图书馆 CIP 数据核字（2020）第 057333 号

上架建议：文学·散文

ZHISHI JUANLIAN ZHE RENJIAN YANHUO：QUANXIN XIUDING BAN
只是眷恋这人间烟火：全新修订版

作　　者：周国平
出 版 人：曾赛丰
责任编辑：刘雪琳
监　　制：邢越超
策划编辑：李彩萍　闫　雪
特约编辑：李美怡
版权支持：姚珊珊
营销支持：文刀刀
版式设计：李　洁
封面设计：SUA DESIGN
　　　　　suadesign.zcool.com.cn
封面插图：坂内拓
内文插图：视觉中国
出　　版：湖南文艺出版社
　　　　　（长沙市雨花区东二环一段508号　邮编：410014）
网　　址：www.hnwy.net
印　　刷：三河市中晟雅豪印务有限公司
经　　销：新华书店
开　　本：880mm×1270mm　1/32
字　　数：192 千字
印　　张：8.5
版　　次：2020 年8月第1版
印　　次：2020 年8月第1次印刷
书　　号：ISBN 978-7-5404-9591-6
定　　价：49.80 元

若有质量问题，请致电质量监督电话：010-59096394
团购电话：010-59320018